FRITZ LEIBER

Spekulationen

THE SECRET SONGS

Science Fiction-Erzählungen

WILHELM GOLDMANN VERLAG
MÜNCHEN

Made in Germany · I · 1110
 Umschlag: F. Jürgen Rogner. Satz und Druck: Presse-Druck Augsburg. SF 0229 · ze/ho
ISBN 3-442-23229-5

Inhalt

Spekulationen

Sofort nach dem Abendessen, bevor Gwen das Geschirr abgeräumt hatte, begann Donnie mit dem Schlaf-Ritual. Er holte eine Dose Bier aus dem Kühlschrank, suchte sich ein Science Fiction-Magazin heraus und drehte den Fernsehton ab.

»Das Bild auch?« fragte er. »Glaub schon.«

Gwen lächelte ihn an und schüttelte den Kopf. Mit einer Geste, als esse sie Erdnüsse, führte sie die rechte Hand zum Mund, schluckte und ließ die Hand mit dem kleinen Fläschchen in der Tasche ihres Kittels verschwinden.

Donnie seufzte, zuckte die Achseln, lehnte sich zurück, schlug seine Zeitschrift auf und begann zu lesen und zu trinken.

Gwen, die das TV-Gerät nicht beachtet hatte, blickte nun auf den Bildschirm. Ein gütiger alter Rancher und ein hochgewachsener junger Cowboy, Vater und Sohn, starrten hinaus auf weites, von fernen Bergen eingesäumtes Land. Gwen stimmte ihr Gehör ein, und nach kurzer Zeit konnte sie ganz leise hören, was sie sagten.

DER ALTE RANCHER: *Hab vor, Hanf und orientalischen Mohn anzubauen, Sohn, und zwischen den Reihen Amphetaminbüsche.*

DER JUNGE COWBOY: *Ja, aber was für erlaubte Frucht willst du ziehen, Papa?*

DER ALTE RANCHER, lächelnd wie Gott: *Ich zieh Babies, Sohn.*

Gwen wandte hastig den Blick vom Bildschirm ab. Es zahlte sich nie aus, wenn man zu früh zu viel hören wollte.

Donnie betrachtete sie mit neckendem Grinsen.

»Möchte wetten, daß du dir die verrücktesten Sachen vorstellst, wenn du da hinschaust«, meinte er. »Die gräßlichen Aufputschpillen bringen dich ganz durcheinander.«

»Du erlaubst ja keinen Laut, wenn du dich in Schlaf versetzt«, sagte sie achselzuckend. »Irgend etwas brauche ich eben.

Außerdem feierst du mit den Mädchen im schillernden Bikini draußen im Weltraum Orgien.«

»Das beweist wieder mal, wie wenig du von Science Fiction weißt«, sagte Donnie. »Die Sex-Masche ist schon seit Jahren tot. Jetzt gibt es nur noch Philosophie und so. Siehst du den Alten da?« Er zeigte ihr das Magazin. Auf dem Umschlag sah man die Zeichnung eines lächelnden, intelligent wirkenden jungen Mannes in einer hautengen, futuristischen Uniform, und neben ihm, ihn um mehr als Haupteslänge überragend, ein langes Ungeheuer mit grünen Schuppen, einen großen, silbernen Beutel über die mit einem Kamm versehene Schulter gehängt. Das Ungeheuer hatte kameradschaftlich einen Fühler um die Schulter des jungen Mannes gelegt.

»Du meinst das Krokodil auf zwei Beinen?« fragte Gwen.

Donnie rümpfte die Nase.

»Das Krokodil auf zwei Beinen ist zufällig ein sehr weiser, alter Angehöriger einer Zivilisation, die viel fortgeschrittener ist als die des Menschen.« Er hob die andere Hand und legte zwei Finger aneinander. »Er und ich stehen so miteinander. Er erzählt mir alles Mögliche. Er sagte mir sogar Dinge über dich.«

»Science Fiction interessiert mich nicht«, sagte Gwen leichthin und blickte wieder auf den Bildschirm. Jetzt lief ein Werbespot; zuerst die Zeichnung eines menschlichen Körpers, in dem an verschiedenen Stellen der Reihe nach Luftbläschen hochstoben, dann eine wunderschöne Prinzessin in einem riesigen Badezimmer, schließlich ein gutaussehender Polizist. Gwen stimmte ihr Gehör geschickt ein.

STIMME DES MEDIZINISCHEN EXPERTEN: *Amphetamin wirkt gegen verborgene Müdigkeit! Strafft die Muskeln! Stärkt das Herz! Belebt träge Wachzentren ... Eins ... zwei ... drei!*

DIE SCHÖNE PRINZESSIN, mit bedrückter Miene: *Gestern hatte ich Übergewicht, war lustlos, unfaßbar unglücklich. Mutter nannte mich das Häßliche Entlein. Und jetzt* – beginnt zu strahlen – *schaffe ich Schönheit durch Amphetamin!*

DER GUTAUSSEHENDE POLIZIST, zeigt Dienstmarke

mit großem ›R‹ für Rauschgiftdezernat: *Ihr seid alle verhaftet! Grr . . . aahaargh!*

Gwen blickte sofort in eine andere Richtung. Das war die einzige Möglichkeit, wenn sie eine Störung oder den falschen Stimmkanal erwischte. Sie trug das Geschirr zur Spüle.

Donnie zuckte heftig zusammen, ohne seine Bierdose abzusetzen oder von seinem Magazin aufzusehen.

»Nicht klirren«, sagte er. Gwen zog die Schuhe aus und begann abzuwaschen, als sei sie Taucherin in der lautlosen Welt unter der Meeresoberfläche, geisterte hin und her zwischen Tisch, Spüle und Schrank.

Sie war immer noch in diesen faszinierenden Ablauf versunken und begann ihn sogar mit kleinen Arabesken zu verzieren, als Donnie das Schlaf-Ritual fortsetzte, indem er die zweite Dose Bier öffnete, diesmal bewußt eine warme. Vor dem ersten Schluck nahm er eine blaue Amytal-Kapsel. Beim *Klix!* des Öffners unterbrach Gwen ihre Arbeit und beobachtete ihn. Sie trocknete gründlich ihre rechte Hand ab, schüttelte noch eine Amphetaminpille in den Mund, spülte ein Glas aus, ließ etwas Wasser hineinlaufen und trank.

Wenn Donnie sein Schlaf-Ritual hatte, sagte sie sich, nicht genau mit diesen Worten, dann besaß sie ihre Nachtwache.

Donnie war aufgestanden und schüttelte den Kopf.

»Jetzt wirst du wohl die ganze Nacht herumlaufen, Lärm machen und mich stören«, sagte er.

»Ich mache nicht mehr Lärm als eine Schneeflocke«, gab Gwen zurück. »Nicht ein Zehntel so viel wie die Autos und Straßenbahnen und Flugzeuge. Die Leute nebenan lassen fast jede Nacht ihr Fernsehgerät ganz laut laufen.«

»Ja, aber die Geräusche sind außerhalb«, sagte Donnie. »Was mich stört, sind deine Geräusche – die inneren.« Er sah Gwen prüfend an. »Warum versuchst du es nicht zur Abwechslung einmal mit einer Schlaftablette?«

»Nein«, sagte Gwen sofort.

»Ein Amytal gleicht die Aufputschpillen aus, und es bleibt noch soviel übrig, daß du schön schläfrig wirst. Wir würden gemeinsam einschlafen, und ich müßte mir keine Sorgen wegen dem Lärm machen.«

»Du willst einfach nicht einschlafen, bis du weißt, daß alle anderen schlafen«, meinte Gwen. »Genau wie meine Mutter. Wenn ich eine von deinen Pillen nehme, schaust du mir beim Schlafen zu und reibst dir die Hände.«

»Na, ist das nicht das, was du mit mir machst?«

»Nein, ich mache andere Sachen. Allein für mich.«

Donnie hob resigniert die Schultern und kehrte zu Sessel und Lektüre zurück.

Gwen wischte sich die juckenden Seifenbläschen von der linken Hand, ließ den Rest des Geschirrs im Wasser und setzte sich vor das Fernsehgerät. Ein Discjockey mit Locken blickte nachdenklich über eine Schallplatte in seinen Händen hinweg.

DER DISCJOCKEY: *Manche Leute halten es vielleicht für merkwürdig, daß Donnie und Gwen Martin bei einem derart unterschiedlichen Geschmack in Drogen gemeinsames Glück suchen und es auf ihre Art auch finden . . . aber das Leben birgt viele Rätsel, Freunde. Ich könnte da etwa Jack Sprat nebst Frau erwähnen. Wir wollen alle hoffen, daß der Arzneischrank der Martins nie leer sein möge. Und jetzt hören wir, gemeinsam verlangt von Mr. und Mrs. Martin – hört ihr auch brav zu, Don und Gwennie? – das beliebte alte Stück ›Der Irrenhaus-Blues‹!*

Die Musik war echt irr.

Donnie lehnte sich zurück und starrte an die Decke. Gwen fragte sich, ob er einen der glitzernden Sterne betrachtete, die er ihr an einem der seltenen Samstagabende, an denen sie ins Freie kamen, gezeigt und mit Namen bezeichnet hatte. Nach einer Weile sagte er jedoch: »Amphetamin ist eine durch und durch üble Droge, schlimmer als Kaffee. Andere Drogen beruhigen und heilen, aber Amphetamin erzeugt nur Anspannung und Verwirrung. Ich wette, wenn ich das Weise Alte Krokodil frage, wird er mir sagen, daß der Teufel es erfunden hat.«

»Wenn wir abends fortgehen und etwas unternehmen würden, würde ich vielleicht nicht soviel Amphetamin brauchen. Außerdem hast du deine Schlaftabletten und so.«

»Man braucht nicht weniger Amphetamin, wenn man ausgeht, sondern mehr«, erklärte Donnie. »Und wenn ich an Wochentagabenden ausginge, wäre ich aufgeregt und würde anfangen zu trinken, und du weißt, was dann passieren würde. Wie oft muß ich dir noch sagen: Der einzige Grund, warum ich meine Barbiturate ›und so‹ nehme, wie du das nennst, ist der, daß ich ruhig bleibe und genug Schlaf bekomme. Wenn ich nicht genug Schlaf hätte, könnte ich meinen Beruf nicht ertragen. Wenn ich meinen Beruf nicht ertragen könnte, würde ich anfangen zu trinken. Und wenn ich anfangen würde zu trinken, säße ich wieder in der Klapsmühle. Und da der einzige Grund dafür, daß du draußen bist, der ist, daß ich draußen bin und eine Stellung habe, na, da wärst du auch wieder in der Klapsmühle und bekämst Beruhigungsmittel, und das würde dir gar nicht gefallen. Also krittel nicht an meiner Schlafmedizin herum. Sie ist eine Sache reiner Notwendigkeit, gleichgültig, was die Ärzte und Psychologen sagen. Dagegen deine Aufputschpillen –«

»Das haben wir alles schon tausendmal durchgekaut«, sagte Gwen ruhig.

Donnie nickte.

»Dasch haben wir«, sagte er, zum erstenmal mit schwerer Zunge.

»Außerdem bist du im Rückstand«, sagte Gwen.

Donnie schaute auf die Uhr und schnippte mit den Fingern. Er ging zum Kühlschrank und goß Traubensaft in ein Glas. Dann nahm er die Flasche mit Paraldehyd aus dem Schrank und entnahm ihr einen Eßlöffel voll. Blitzschnell, fast wie ein Gedanke verbreitete sich der intensive Geruch, in der Mitte zwischen Benzin und Amylacetat, in Küche und Wohnzimmer. Gwen zog kurz die Nase hoch.

Donnie mischte das Paraldehyd mit dem Traubensaft und leckte den Löffel ab.

»Auf die Apotheker und den einen verständigen Arzt unter zehn«, sagte er und trank einen Schluck.

Gwen nickte ernsthaft und schluckte die nächste Amphetamintablette.

Donnie trug seinen Cocktail mit größter Vorsicht zurück zu

seinem Sessel und löste den Blick nicht von dem dunkelroten Getränk, bis er fest verankert war. Er fand die Stelle in der Erzählung, wo er aufgehört hatte, aber die Zeilen begannen zu kippen, und so begann er sich, während er trank, vorzustellen, welche Geheimnisse ihm der Weise Alte Kroko verraten würde, wenn er der junge Mann auf dem Heftumschlag gewesen wäre.

DER WEISE ALTE KROKO: *Heute nacht ist ein heißer Trip vorgesehen, Sohn. Drei neue Novas in der Nachbargalaxis, und eine Staubwolke quillt aus dem Andromeda wie schwarze Spitzenunterwäsche.* Greift in seinen Beutel. *Steck die Silberkugel da in deine Tasche, Sohn. Das ist ein Universal-TV-Anschluß nach dem alten Kristallkugel-Prinzip. Damit kannst du dich überall im Universum einschalten. Gebrauche sie klug, Sohn, nicht nur zur Freude, sondern auch zur Entwicklung des Charakters. Spioniere deiner Frau damit nicht nach.* Greift wieder hinein. *Jetzt möchte ich dir diesen kleinen schwarzen Zylinder geben. Führe ihn stets mit. Das ist eine Psychopfeife, mit der du mich immer rufen kannst. Du brauchst dich nur auf mich zu konzentrieren, Sohn. Konzentrieren . . .*

Auf dem Bildschirm lief eine Gerichtsszene. Ein Rechtsanwalt mit gütigen Augen, aber ernster Miene, sprach ruhig auf die Geschworenen ein, die Hand auf dem Geländer. Gwen hatte ihr Gehör inzwischen fein abgestimmt, und seine Stimme entsprach genau den Lippenbewegungen.

DER GÜTIGE ANWALT: *Mir liegt es fern, verbergen zu wollen, daß meine Klientin ihren künftigen Ehemann kennengelernt hat, als sie beide in einer Nervenheilanstalt untergebracht waren. Glauben Sie mir, meine Damen und Herren, manche schöne Romanze hat schon im Irrenhaus begonnen. Gwens Zuneigung inspirierte Don dazu, seine Freilassung zu erwirken, Anstellung als Präzisionsmaschinist zu erlangen, meiner Klientin nach ihrer Entlassung einen Heiratsantrag zu machen und sie mit Liebe und den für ihr Dasein so wichtigen gelben Gesundheitstabletten zu überschütten, bei deren Verzehr Sie sie in diesen anstrengenden Tagen des Prozesses beobachten konnten. Es braucht nicht betont zu werden, daß das alles vor der Zeit lag, in der Don Martin mit seinen Reisen durch den Weltraum begann, wo er unter den Einfluß eines* – plötzlich verfinsterte Miene – *gewissen grünen Krokodils geriet, das in Zukunft als Beweisstück A bezeichnet werden wird. Bitte eintragen, Schriftführer.*

Donnie stand langsam auf. Sein Glas war leer. Er starrte erbost auf das Fernsehgerät.

»Der Alte Kroko möchte nicht als Toter dabei erwischt werden, daß er sich diesen Dreck ansieht«, rief er heiser. »Er ist auf echte Erlebnisse eingestellt.«

Donnie hatte gute Lust, die Bildröhre mit einem Fußtritt zu zerschmettern, als er zum Schlafzimmereingang hinüberblickte und den Weisen Alten Kroko dort stehen sah, gebückt, mit hin- und herschwingendem Silberbeutel. Donnie wußte, daß das keine Halluzination war, nur ein freundlich dünner grüner Film auf der Dunkelheit.

Der Weise Alte Kroko richtete die großen, gütigen Augen auf Donnie und richtete einen langen Fühler ungeduldig in die Schwärze hinter sich, so, als wolle er sagen: »Auf! Auf!«, dann verschmolz er damit. Donnie folgte ihm mit zeitlupenhaften Bewegungen, wie Gwens Unterwasserballett; unterwegs zog er Schuhe und Hemd aus. Er löste den Gürtel aus den Hosenbundschlaufen, so, als ziehe er ein Schwert, während er die Tür hinter sich schloß.

Gwen stieß einen freudigen Seufzer aus und schloß sogar kurz die Augen. Das war die herrlichste Zeit der ganzen Nacht, die Zeit der gesicherten Freiheit, die Zeit der Nachtwache. Sie begann umherzustreifen.

Zuerst wollte sie die Brotkrumen vom Eßtisch wischen, verfiel aber darauf, ihre Muster zu studieren und pickte sie schließlich einzeln auf – sie betrachtete dies als Problem der Subtraktion. Das Muster der Krumen war wie das der Sterne, die Donnie ihr gezeigt hatte, entschied sie hinterher, und es tat ihr sehr leid, daß sie die Krumen-Konstellationen zerstört hatte. Sie trug die durcheinandergeschüttelten Brot-Sterne vorsichtig zur Spüle und streifte sie behutsam in das kalte, graue Spülwasser, auf dem noch ein paar Seifenblasen schwammen. Sie sah das Wasserglas, wobei ihr einfiel, daß sie wieder eine Amphetamintablette nehmen sollte.

Vier funkelnde Löffel fielen ihr ins Auge. Sie hob sie der Reihe nach hoch und drehte sie langsam, um alle Glanzpunkte zu finden. Dann blickte sie durch den Kalender an der Wand, studierte die bevorstehenden Monate und alle Ziffern der Tage.

Alles, aber auch wirklich alles, war ungeheuer faszinierend! Sie konnte sich minutenlang in einen Gegenstand vertiefen oder ihr Interesse umherzucken lassen und ihm mühelos folgen.

Und es war leicht, gute Gedanken zu denken. Sie vermochte an alle Menschen zu denken, die sie kannte, und ihnen allen Gutes zu wünschen und in ihrem Inneren wunderbare Dinge für sie tun. Eine Art weiblicher Jesus, das bin ich, sagte sie sich mit einem Lächeln.

Sie schwebte zurück ins Wohnzimmer. Im Fernsehen führte eine blonde Hausfrau mit strahlendem Gesicht eine brünette Hausfrau mit leerer Miene zu einem langen Sofa. Gwen stieß einen kleinen Freudenschrei aus und setzte sich auf den Boden. Dieses Programm war immer wunderbar.

DIE STRAHLENDE BLONDINE: *Was gibst du deinem Mann, wenn er mürrisch und erschöpft heimkommt?*

DIE LEERE BRÜNETTE: *Gift.*

DIE STRAHLENDE BLONDINE: *Wovon ernährst du dich?*

DIE LEERE BRÜNETTE: *Vom Leid.*

DIE STRAHLENDE BLONDINE: *Ich bin immer strahlender Laune mit Amphetamin. O glückliche Schulzeit!*

DIE LEERE BRÜNETTE: *Was war glücklich daran? Ich hatte Pickel.*

DIE STRAHLENDE BLONDINE: *Soll das heißen, daß ich dir nie erzählt habe, wie ich zu Amphetamin kam? Ich war in der Schule unglücklich. Meine Mutter schickte mich zum Arzt, weil ich dick war und die letzte in der Klasse. Er gab mir ein paar ulkige Pillen und – hui! – ich wurde schlank, elegant und übermütig. Aber bald kam man dahinter, daß ich mir immer öfter Nachschub holte. Man wollte mich daran hindern. Ich schlug zu. O ja, ich begann einen Liegestreik. Keine Schule mehr, sagte ich, bis ich meine Pillen bekomme. Wenn der Arzt sie mir nicht geben wollte, würde ich sie mir auf andere Weise beschaffen – und das tat ich auch. Zwei Jahre später ließ mich meine Mutter einliefern. Wäre ich nicht ein Fernsehstar geworden, säße ich noch in der Klapsmühle.*

DIE LEERE BRÜNETTE: *Hast du Elektroschocks bekommen?*

DIE STRAHLENDE BLONDINE: *Denk an schöne Dinge. Was machst du für den Kitzel? Nimmst du auch Aufputschmittel?*

DIE LEERE BRÜNETTE: *Nein.* Ihr Gesicht wird schlaff und auf geheimnisvolle Weise häßlich. *Ich betreibe Hexenkunst.*

GWEN schaltete das Gehör ab und wandte den Blick vom Fernsehgerät. Der Gedanke, der ihr gekommen war, gefiel ihr nicht; daß sie die Idee von der Hexenkunst auf irgendeine Weise der Brünetten eingegeben hatte. Es war Monate her, seitdem sie zugelassen hatte, daß sie an Magie dachte, sei es schwarze oder weiße.

Aus dem Schlafzimmer drang ein leises, langgezogenes Stöhnen, das Gwens Unruhe steigerte, weil es ein zu großer Zufall zu sein schien, daß er sofort lautgeworden war, als das Wort ›Hexenkunst‹ gefallen.

DONNIE wand sich auf dem Bett und durchlebte in seinen Träumen die Hölle. Der Weise Alte Kroko hatte ihn in einem Haufen toter Sterne und kosmischen Staubs auf der anderen Seite des Andromeda-Nebels verlassen, nachdem er ihm zuerst eine Binde vor die Augen gelegt, ihn dreimal herumgedreht und ihm einen mächtigen Stoß versetzt hatte, so daß er nicht einmal mehr den Asteroiden sah, auf dem sie gestanden hatten. Im leeren Raum schwebend, durchsuchte Donnie seine Taschen und fand nur ein Pfadfindermesser, eine kleine Silberkugel und einen schwarzen Zylinder, deren Bedeutung er vergessen hatte. Aus der Kugel lächelte ihn ein winziges Abbild von Gwens Gesicht an. Er hob den Kopf. Würmer, die sieben Meter lang waren und stumpfrot glühten, schlängelten sich ihm durch die staubige Dunkelheit entgegen. Die ungeheuerliche Distanz der Erde kam ihm überscharf zum Bewußtsein. Er machte

Schwimmbewegungen, nur um zu entdecken, daß eine kalte Lähmung durch seine Glieder kroch. Ewigkeiten vergingen.

GWEN hatte Leim und Glitzerpulver und Perlen geholt und Zeitungen auf dem Tisch ausgebreitet. Auf einem Suppenteller entwarf sie ein Muster, das, wie sie hoffte, Ähnlichkeit mit dem der Brotkrumen von vorhin besaß. Das Glitzerpulver aufzustreuen, machte Spaß, aber das Muster entwickelte sich nicht ganz so, wie sie es erwartet hatte. Außerdem war sie eben dahintergekommen, daß sie kein rotes oder goldenes Glitzerpulver hatte, dafür aber drei Flaschen grünes. Von dem grünen Pulver blieb etwas an ihrem Finger haften.

Sie warf über die Schulter einen Blick auf das Fernsehgerät. Die beiden Frauen waren verdrängt von einer großen Karte der Vereinigten Staaten und einem breitschultrigen jungen Mann mit Brille und Zeigestab.

DER VORHERSAGER: *Ein Hexen-Hoch nähert sich vom westlichen Kanada. In drei Bundesstaaten ist eine Werwolf-Warnung ausgegeben worden. Regierungsflugzeuge bekämpfen die schwarze Front mit weißen Funkstrahlen, aber sie verlieren an Himmel. Alte Leute, die es wissen müssen, sagen, das Ende der Welt stehe bevor. Eine Sondermeldung! Don Martin, der berühmte Astronaut, sieht sich in der Kleineren Magellan-Wolke unvorstellbaren Gefahren ausgesetzt!*

DONNIE hatte eben auf der Psycho-Pfeife geblasen, nachdem ihm ihr Zweck eingefallen war, als die roten Würmer Spiralen um ihn beschrieben, und der Weise Alte Kroko war auf der Stelle erschienen und hatte die Würmer mit einem Regen grüner Funken aus einem seiner Fühler vertrieben.

DER WEISE ALTE KROKO: *Du hast die Prüfung bestanden, Sohn, aber bilde dir nichts darauf ein. Eines Nachts machen wir das mit dir ohne Paraldehyd. Jetzt wird es Zeit, daß du nach Terra zurückkehrst. Denk an deinen Heimatplaneten, Sohn, denk an die Erde.* Sie befinden sich plötzlich in einer Umlaufbahn tausend Meilen über Nordamerika. Die großen Städte leuchten stumpf, der Mond spiegelt sich in den Großen Seen. Donnie ist zu einem grüngeschuppten Wesen geworden, einen Kopf kleiner als der Weise Alte Kroko, der majestätisch mit einem Fühler hinabdeutet. *Betrachte die Städte der Menschen, mein Sohn. Denk an die Millionen, die dort schlafen und träumen, einsam wie der Tod in ihren Behausungen, wie sie alle ihre Arbeit hassen. Die äußere Erscheinung dieser Menschen-Wesen mag dich zuerst ein wenig entsetzen, aber du darfst mir glauben, daß sie keine Ungeheuer sind, nur Wesen wie du und ich, bemüht, sich mit Drogen, Ängsten, Beschwörungen, Idealen, Selbsthypnose und Kapitulation im Zaum zu halten, damit sie ein glückliches Leben führen können.*

GWEN starrte angespannt in den Wohnzimmerspiegel und malte sich Leimstreifen auf das Gesicht. Die Streifen wölbten sich unter ihren Augen hinaus und folgten dem Umriß ihres Unterkiefers. Sie malte einen Streifen mitten die Stirn herab über die Nase. Dann schloß sie die Augen, hielt den Atem an, hob den Kopf und schüttete lange Zeit grünes Glitzerpulver auf ihr Gesicht. Endlich senkte sie ruckartig den Kopf, schüttelte ihn hin und her, blies durch die Nase, was ihr an Atem geblieben war, und atmete ganz langsam ein. Sie betrachtete sich wieder im Spiegel und lächelte.

Dann überfiel sie plötzlich tödliche Erschöpfung, das erstemal in dieser Nacht, und ringsumher schien alles zu verschwimmen und zu rotieren. Als es wieder zum Stillstand kam, sah sie einen herrlichen Priester vor sich, der auf dem Fernsehschirm hin- und herschwebte.

DER HERRLICHE PRIESTER: *Die Psychologie von Donnie und Gwen muß Ihnen inzwischen klargeworden sein. Beide möchten, daß der jeweils andere schläft, damit er sie oder sie ihn bewachen kann, während er oder sie allein auf Abenteuer ausgeht. Sie haben eine Formel dafür gefunden. Aber wie sieht die Zukunft aus? Wie steht es mit ihren Seelen? Drogen sind keine Lösung auf Dauer, das kann ich ihnen versichern. Was ist, wenn die Gitterstäbe der gesicherten Freiheit weggefegt werden? Was ist, wenn eines Nachts einer von ihnen hinausgeht und nie mehr hineinkommt?*

DONNIE und der Weise Alte Kroko schwebten vor dem Schlafzimmerfenster, drei Stockwerke hoch. Freundliche Bäume schirmten sie von der Straßenbeleuchtung unter ihnen ab.

DER WEISE ALTE KROKO: *Leb wohl, mein Sohn, für diese Nacht. Gebrauche deine irdische Behausung gut. Mißbrauche deine Macht nicht. Und sei vorsichtig mit den Barbituraten.*

DONNIE: *Das werde ich tun, Vater, glaub mir.*

DER WEISE ALTE KROKO: *Halt. Es gibt noch ein folgenreiches Geheimnis, das ich dir heute nacht anvertrauen muß.*

DONNIE: *Ja, Vater?*

DER WEISE ALTE KROKO: *Sie ist eine von uns!*

DONNIE floß durch die zehn Zentimeter große Lücke im Schlafzimmerfenster. Er sah seinen Körper auf dem Bett liegen und schwebte darauf zu, mit den Fühlerspitzen rudernd. Sein Körper öffnete sich wie eine Geldbörse, er glitt hinein, und der Körper schloß sich wieder. Er drehte sich im Inneren zurecht, blickte durch die zwei Löcher in seinem Kopf hinaus, schob die Fühler in die Arme, hob sie über den Kopf und bewegte die Finger. Es fühlte sich ganz seltsam an, Arme mit Knochen und Fingern zu besitzen. Dann hörte er das glückliche Lachen im Wohnzimmer.

GWEN bewunderte ihre Brüste im Spiegel. Sie hatte Kittel und Büstenhalter ausgezogen, mit Leim Kreise um die Brustwarzen gemalt und grünes Glitzerpulver darauf gestreut.

Obwohl ihr Gehör abgeschaltet war, glaubte sie, den Priester hinter ihr rufen zu hören: »Gwen Martin, du solltest dich schämen!« und sie rief zum Fernsehgerät hinüber: »Nicht gucken, Vater!« dann drehte sie sich um und verdeckte ihre Brüste.

Die Schlafzimmertür stand offen, Donnie stand dort schwankend und mit aufgerissenen Augen. Gwen spürte wieder tödliche Erschöpfung, nahm sich aber zusammen und starrte ihren Mann an.

Sie näherten sich einander langsam, mit schleppenden Füßen, bis sie aneinanderlehnten. Dann bewegten sie sich noch langsamer zum Schlafzimmer.

»Magst du mich, Donnie?« fragte Gwen.

Donnies Blick glitt über ihr glitzerndes, grüngestreiftes Gesicht und ihre Brüste. Seine Hand schloß sich fester um ihre Schultern, und er nickte.

»Du bist eine von uns«, sagte er.

Die Ringer

Das Coupé mit den an die Kotflügel gelöteten Angelhaken rollte über den Randstein wie die Nase eines Alptraums. Das Mädchen davor war erstarrt, das Gesicht unter der Maske vermutlich versteinert vor Angst. Zur Abwechslung reagierten meine Reflexe einmal sofort. Ich trat blitzschnell einen Schritt auf sie zu, packte ihren Ellenbogen, riß sie zurück. Ihr schwarzer Rock wirbelte hoch.

Das große Coupé schoß mit surrender Turbine vorbei. Ich bemerkte drei Gesichter. Irgend etwas zerriß. Ich spürte das heiße Auspuffgas an meinen Fußknöcheln, als der große Wagen auf die Straße zurückgelenkt wurde. Eine dichte Wolke, einer schwarzen Blume gleich, erblühte aus dem Heck, während an den Angelhaken ein schwarz schimmernder Fetzen flatterte.

»Sind Sie erwischt worden?« fragte ich das Mädchen.

Sie hatte sich umgedreht, um zu sehen, wo ihr Rock zerfetzt worden war. Sie trug eine Strumpfhose.

»Die Haken haben mich nicht berührt«, sagte sie gepreßt. »Ich habe wohl Glück gehabt.«

Ich hörte Stimmen rings um uns:

»Diese Halbstarken! Was wird ihnen noch einfallen?«

»Unglaublich! Die gehören alle verhaftet!«

Sirenen heulten schrill auf, als zwei Polizisten auf Motorrädern mit Zusatzraketen, hinter dem Coupé dahergeschossen kamen. Die schwarze Blume war aber zu einem tintigen Nebel geworden, der die ganze Straße einhüllte. Die Polizisten schalteten ihre Raketenbremsen ein und hielten vor der Rauchwolke.

»Sind Sie Engländer?« fragte das Mädchen. »Sie sprechen mit englischem Akzent.«

Ihre Stimme kam stockend hinter der glatten schwarzen Seidenmaske hervor. Ich bestätigte ihre Vermutung. Sie stand ganz nah neben mir.

»Kommen Sie heute abend zu mir?« sagte sie schnell. »Ich

kann mich jetzt nicht bedanken. Und Sie können mir auch noch bei etwas anderem helfen.«

Mein Arm, der sie noch umfangen hielt, spürte ihr Zittern.

»Gewiß«, sagte ich. Sie gab mir eine Adresse südlich von Inferno, eine Apartmentnummer und einen Zeitpunkt. Sie fragte mich nach meinem Namen, und ich nannte ihn.

»He, Sie!«

Ich drehte mich gehorsam nach dem Polizisten um. Er verscheuchte die kleine Gruppe maskierter Frauen und bloßgesichtiger Männer. Hustend vom Rauch verlangte er meine Papiere. Ich gab ihm die wesentlichen.

Er sah zuerst sie, dann mich an.

»British Barter?« sagte er. »Wie lange bleiben Sie in New York?«

Ich unterdrückte die Antwort: ›So kurz wie möglich‹, und sagte, etwa eine Woche.

»Brauche Sie vielleicht als Zeugen«, erläuterte er. »Die Halbwüchsigen können uns nicht mit Rauch kommen. Wenn sie das tun, nehmen wir sie fest.«

Er schien den Rauch für das Schlimmste zu halten.

»Sie haben versucht, die Dame umzubringen«, betonte ich.

Er schüttelte erfahren den Kopf.

»Sie tun immer so, aber in Wirklichkeit wollen sie nur Röcke wegreißen. Ich habe schon Ripper erwischt, die bis zu fünfzig Rockfetzen in ihren Zimmern hängen hatten. Manchmal geraten sie natürlich ein bißchen zu nah heran.«

Ich erklärte ihm, daß mehr sie erfaßt hätte als Angelhaken, wenn es mir nicht gelungen wäre, sie wegzureißen, aber er unterbrach mich sofort.

»Wenn sie wirklich an einen Mordversuch geglaubt hätte, wäre sie hiergeblieben.«

Ich schaute mich um. Es stimmte. Sie war fort.

»Sie hatte entsetzliche Angst«, sagte ich.

»Wen wundert das? Die Halbwüchsigen hätten sogar den alten Stalin in Angst und Schrecken versetzt.«

»Ich meine, vor mehr als den ›Halbwüchsigen‹. Sie sahen nicht aus wie ›Halbwüchsige‹.«

»Wie sahen sie denn aus?«

Ich versuchte ohne großen Erfolg, die drei Gesichter zu beschreiben. Ein verschwommener Eindruck von Bösartigkeit bedeutet nicht viel.

»Tja, kann mich auch irren«, meinte er schließlich. »Kennen Sie das Mädchen? Wissen Sie, wo sie wohnt?«

»Nein«, sagte ich.

Der andere Beamte hängte sein Funktelefon ein und kam auf uns zu. Die schwarze Wolke verbarg die schäbigen Fassaden mit ihren fünf Jahre alten Strahlungsspuren nicht mehr, und ich konnte in der Ferne den Stumpf des Empire State Buildings erkennen, der wie ein verstümmelter Finger aus Inferno emporragte.

»Bis jetzt sind sie nicht gefaßt worden«, murrte der zweite Polizist. »Rauch fünf Straßen weit, sagt Ryan.«

Der erste Beamte schüttelte den Kopf.

»Schlimm«, sagte er ernsthaft.

Ich war ein wenig unsicher und beschämt. Ein Engländer sollte nicht lügen, wenigstens nicht impulsiv.

»Scheinen üble Kerle zu sein«, fuhr der erste Beamte grimmig fort. »Wir brauchen Zeugen. Sie scheinen länger in New York bleiben zu müssen, als Sie erwartet haben.«

Ich verstand.

»Ich habe vergessen, Ihnen sämtliche Papiere zu zeigen«, sagte ich und gab ihm ein paar andere, dazwischen einen Fünfdollarschein.

Als er sie wieder zurückgab, klang seine Stimme nicht mehr drohend. Mein Schuldgefühl verschwand. Ich unterhielt mich noch mit den beiden über ihren Beruf.

»Die Masken machen Ihnen sicher einige Schwierigkeiten«, meinte ich. »In England haben wir vom Auftauchen maskierter weiblicher Banditen schon gehört.«

»Das wird oft übertrieben«, sagte der erste Polizist. »Was uns ernsthaft beunruhigt, sind die Männer, die sich als Frauen maskieren. Aber die erleben was, wenn wir sie erwischen, das kann ich Ihnen sagen.«

»Und die Frauen erkennt man bald so gut, als hätten sie

keine Masken«, erklärte der zweite Beamte. »Sie wissen schon, die Hände und so.«

»Vor allem so«, sagte der andere lachend. »Sagen Sie, stimmt es, daß drüben in England manche Mädchen keine Masken tragen?«

»Eine gewisse Anzahl hat die Mode übernommen«, erwiderte ich. »Aber nur ein paar – diejenigen, die immer mit der neuesten Mode gehen müssen, so extrem sie auch sein mag.«

»In Filmberichten aus England sind sie immer maskiert.«

»Das geschieht wohl mit Rücksicht auf den amerikanischen Geschmack«, gestand ich.

»Mädchen auf der Straße, vom Hals aufwärts nackt«, sagte der zweite Beamte sinnierend. Es war nicht klar, ob er die Vorstellung genoß oder verabscheute. Wahrscheinlich beides zugleich.

»Ein paar Abgeordnete versuchen das Parlament davon zu überzeugen, daß ein Gesetz jede Maskierung verbieten sollte«, fuhr ich fort, vielleicht ein bißchen zu gesprächig.

Der zweite Beamte schüttelte den Kopf.

»Was für ein Gedanke! Wissen Sie, die Masken sind etwas sehr Gutes. Noch ein, zwei Jahre, und meine Frau muß sie auch zu Hause tragen.«

Der erste Polizist zuckte die Achseln.

»Wenn die Frauen aufhören würden, Masken zu tragen, kennt in sechs Wochen keiner mehr den Unterschied. Man gewöhnt sich an alles, wenn genug Leute es tun oder nicht tun.«

Ich stimmte bedauernd zu und ging. Auf dem Broadway – früher Tenth Avenue, glaube ich – marschierte ich nach Norden, bis ich Inferno hinter mir hatte. An einem Gebiet nicht entseuchter Radioaktivität vorbeizukommen, beunruhigt einen immer. Ich dankte Gott, daß es dergleichen wenigstens in England noch nicht gab.

Die Straße war fast leer, obwohl ich von zwei Bettlern mit H-Bomben-Narben in den Gesichtern angesprochen wurde. Ich wußte nicht, ob die Narben echt oder nachgestaltet waren. Eine dicke Frau hielt mir einen Säugling mit Schwimmhäuten an Fingern und Zehen hin. Ich sagte mir, daß es auch so mißgestaltet gewesen wäre und sie nur aus unserer Angst vor bombenerzeugten Mutationen Kapital schlagen wollte. Trotzdem gab ich ihr ein Siebeneinhalb-Cent-Stück.

»Mögen alle Ihre Kinder mit einem Kopf und zwei Augen gesegnet sein, Sir.«

»Danke«, sagte ich schaudernd und eilte an ihr vorbei.

›... Hinter der Maske nichts als Dreck, drum dreh dich nicht um, steck den Kopf weg: Bleib weg, bleib weg – von – den – Mädchen!‹

Das war das Ende eines Anti-Sex-Liedes, wie es ein paar Religionisten in der Nähe des Kreis-und-Kreuz-Emblems eines Feministen-Tempels sangen. Über ihren Köpfen eine Anzahl Reklamewände mit Werbung für vorverdaute Nahrung, Ringunterricht und dergleichen.

Ich starrte die hysterischen Werbesprüche angewidert und fasziniert an. Seitdem weibliches Gesicht und Körper von der amerikanischen Werbung verschwunden sind, präsentieren die Buchstaben der Werbeschriften den Sex – das dickbauchige, dickbrüstige große B, das laszive Doppel-O. Ich erinnerte mich aber daran, daß es vorwiegend die Maske ist, die in Amerika den Sex so deutlich betont.

Ein britischer Anthropologe hat betont, daß es zwar über 5000 Jahre gedauert hat, um das sexuelle Interesse von den Hüften zu den Brüsten zu lenken, aber keine fünfzig Jahre, um den nächsten Übergang zum Gesicht zu schaffen. Der Vergleich mit der Tradition der Moslems ist nicht gültig; Moslemfrauen tragen Schleier, um den Besitz des Mannes zu bewahren, während die amerikanischen Frauen nur dem Zwang der Mode unterliegen und Masken verwenden, um geheimnisvoll zu erscheinen.

Theorien beiseite, der eigentliche Ursprung des Trends ist in der Anti-Strahlungskleidung des Dritten Weltkriegs zu suchen, die zu maskiertem Ringersport führte, der inzwischen unglaublich populär geworden ist, und dieser seinerseits zu der herrschenden Frauenmode.

Ich begriff endlich, daß ich nicht über Masken im allgemeinen nachdachte, sondern darüber, was hinter einer ganz bestimmten verborgen war. Das ist das Schlimme dabei; man weiß nie genau, ob ein Mädchen seine Schönheit steigert oder seine Häßlichkeit verbirgt. Dann fiel mir das blonde, glänzende Haar ein. Sie hatte gesagt, ich sollte um zehn Uhr abends kommen.

Ich stieg zu meinem Apartment in der Nähe des britischen Konsulats hinauf; der Liftschacht war durch eine Explosion von damals verschoben worden. Bevor mir einfiel, daß ich wieder fortgehen wollte, riß ich automatisch einen Streifen von dem Film unter meinem Hemd ab. Ich entwickelte ihn zur Sicherheit trotzdem. Er zeigte, daß die gesamte Strahlung, die ich an diesem Tag aufgenommen hatte, noch im Sicherheitsbereich lag. Ich habe keine Manie entwickelt, wie so viele Leute heutzutage, aber es hat keinen Sinn, ein Risiko einzugehen.

Ich legte mich auf das Tagbett und starrte den stummen Lautsprecher und den dunklen Bildschirm des TV-Geräts an. Wie immer, dachte ich etwas verbittert an die beiden großen Nationen der Welt. Wechselseitig verstümmelt, trotzdem noch stark, waren sie verkrüppelte Riesen, die den Planeten mit ihren jeweiligen Träumen von einer unmöglichen Gleichheit und einem ebenso unmöglichen Erfolg vergifteten.

Ich schaltete ärgerlich den Lautsprecher ein. Durch einen glücklichen Zufall berichtete der Sprecher erregt von den Aussichten auf eine Rekord-Getreideernte, gesät durch Flugzeuge auf staubigem Land, das durch künstlichen Regen bewässert worden war. Ich hörte mir den Rest der Sendung konzentriert an – sie war angenehm frei von russischen Fernstörsignalen – aber ich erfuhr nichts mehr, was mich interessiert hätte. Und natürlich keine Rede vom Mond, obwohl jedermann weiß, daß Amerika und Rußland ihre Stützpunkte in Festungen verwandeln, die sich gegenseitig angreifen und Alphabet-Bomben auf die Erde schießen können. Ich selbst wußte sehr gut, daß die elektronische Ausrüstung, die ich gegen amerikanischen Weizen tauschen sollte, für den Gebrauch in Raumschiffen bestimmt war.

Ich schaltete ab. Es wurde dunkel, und wieder stellte ich mir ein zartes, angstvolles Gesicht hinter einer Maske vor. Seit England hatte ich kein Rendezvous mehr gehabt. Es ist sehr schwer, in Amerika ein Mädchen kennenzulernen, wo oft schon ein Lächeln genügt, daß die Polizei gerufen wird – ganz zu schweigen von der zunehmend puritanischen Moral und den umherstreifenden Banden, deretwegen die meisten Frauen nach Anbruch der Dunkelheit das Haus nicht mehr verlassen.

Ich trat ans Fenster und wartete ungeduldig auf die Nacht. Nach einiger Zeit entstand im Süden eine gespenstische violette Wolke. Mir standen die Haare zu Berg, aber dann mußte ich lachen. Ich hatte mir einen Augenblick lang die Strahlung vom Krater der Höllen-Bombe vorgestellt, hätte aber sofort wissen müssen, daß es das Leuchten über dem Vergnügungs- und Wohngebiet südlich von Inferno war.

Punkt zehn Uhr stand ich vor der Tür der Wohnung meiner unbekannten Freundin. Das elektrische ›Wer-da?‹ sagte genau das. Ich sagte laut und deutlich: »Wysten Turner«. Die Tür ging auf. Ich betrat mit ein wenig schneller klopfendem Herzen ein kleines, leeres Wohnzimmer.

Es war teuer eingerichtet, mit den neuesten aufgepumpten Sesseln und Liegen. Auf dem Tisch lagen ein paar Bücher, eines davon ein harter Krimi, in dem zwei Mörderinnen einander abzuknallen versuchten.

Das Fernsehgerät war eingeschaltet. Ein maskiertes Mädchen in Grün sang ein Liebeslied. In der rechten Hand hielt sie etwas, das im Vordergrund undeutlich verschwamm. Ich sah, daß das Gerät ein ›Händchen‹ hatte, das es in England noch nicht gibt, und schob neugierig meine Hand in die Öffnung neben dem Bildschirm. Entgegen meinen Erwartungen war es nicht so, als gleite man in einen pulsierenden Gummihandschuh, sondern eher so, als halte einem das Mädchen auf dem Schirm wirklich die Hand.

Hinter mir ging eine Tür auf. Ich riß die Hand schuldbewußt heraus.

Sie stand an der Schlafzimmertür. Ich glaube, sie zitterte. Sie trug einen grauen Pelzmantel mit weißen Flecken und eine graue Abendmaske aus Seide mit grauen Spitzen um Augen und Mund. Ihre Fingernägel glänzten wie Silber.

Ich hatte nicht damit gerechnet, daß wir ausgehen würden.

»Ich hätte es Ihnen sagen sollen«, sagte sie leise. Ihr Blick huschte durch das Zimmer. »Aber hier kann ich einfach nicht mit Ihnen sprechen.«

»Es gibt in der Nähe vom Konsulat ein Lokal –«, begann ich zweifelnd.

»Ich weiß, wo wir zusammen sein und uns unterhalten können«, sagte sie schnell. »Wenn es Ihnen nichts ausmacht.«

Als wir in den Lift traten, sagte ich: »Ich habe leider das Taxi weggeschickt.«

Aber aus irgendeinem Grund war der Taxichauffeur nicht davongefahren. Er sprang heraus und öffnete uns mit schiefem Grinsen die Tür.

Meine Begleiterin beugte sich vor.

»Himmel«, sagte sie.

Der Fahrer schaltete Turbine und Televisor ein.

»Warum haben Sie gefragt, ob ich Engländer bin?« sagte ich, um das Gespräch zu eröffnen.

Sie bog sich zurück.

»Sehen Sie den Mond«, sagte sie verträumt.

»Warum, möchte ich gerne wissen?« drängte ich.

»Er schiebt sich hinauf ins Violett des Himmels.«

»Und wie heißen Sie?«

»Durch das Violett wird das Gelb hervorgehoben.«

Mir wurde auf einmal klar, was mich bedrückte. Es hatte mit dem Quadrat flimmernden Lichts neben dem Fahrer zu tun.

Ich habe nichts gegen normale Ringkämpfe, auch wenn sie mich langweilen, aber ich verabscheue es einfach, einen Mann mit einer Frau ringen zu sehen.

»Bitte, schalten Sie das Gerät ab«, sagte ich zum Fahrer.

Er schüttelte den Kopf, ohne umzuschauen.

»Nee, Mann«, sagte er. »Die Kleine ist wochenlang auf den Kampf mit Little Zirk vorbereitet worden.«

Aufgebracht streckte ich die Hand aus, aber meine Begleiterin hielt mich zurück.

»Bitte«, flüsterte sie ängstlich.

Ich lehnte mich verärgert zurück. Sie war mir nähergerückt,

blieb aber stumm, und ich beobachtete einige Sekunden lang die Verrenkungen und Anstrengungen des muskulösen, maskierten Mädchens und ihres drahtigen maskierten Gegners.

Ich drehte abrupt den Kopf herum.

»Warum wollten die drei Männer Sie umbringen?« fragte ich scharf.

Sie blickte auf den Bildschirm.

»Weil sie eifersüchtig auf mich sind«, flüsterte sie.

»Warum sind sie das?«

Sie sah mich nicht an.

»Seinetwegen.«

»Wen meinen Sie?«

Sie antwortete nicht.

Ich legte den Arm um ihre Schultern.

»Haben Sie Angst davor, es mir zu sagen? Worum geht es eigentlich?«

Sie blickte noch immer nicht auf mich. Sie roch gut.

»Hören Sie«, sagte ich lachend, zu einer anderen Taktik entschlossen, »Sie sollten mir wirklich etwas über sich erzählen. Ich weiß nicht einmal, wie Sie aussehen.«

Ich hob halb spielerisch die Hand zu ihrem Hals. Sie schlug sofort zu. Ich riß die Hand vor Schmerzen zurück. Auf dem Handrücken waren vier winzige Einstiche zu sehen. Aus einem quoll Blut. Ich sah erst jetzt, daß ihre Fingernägel in Wirklichkeit dünne, spitze Metallkappen waren.

»Es tut mir sehr leid«, hörte ich sie sagen, »aber Sie haben mich erschreckt. Ich dachte schon, Sie wollten . . .« Sie drehte sich mir endlich zu. Ihr Mantel hatte sich geöffnet. Ihr Abendkleid entsprach dem Neu-Kretischen Stil, ein Spitzenmieder, das die Brüste stützte, aber nicht bedeckte. »Nicht zornig sein«, sagte sie und legte die Arme um meinen Hals. »Sie waren heute nachmittag wunderbar.«

Der weiche graue Samt ihrer Maske berührte mein Gesicht. Durch die Spitzen berührte ihre weiche warme Zungenspitze mein Kinn.

»Ich bin nicht zornig«, sagte ich, »nur verwirrt. Und ich möchte Ihnen helfen.«

Das Taxi hielt. Auf beiden Seiten sah man schwarze Fenster, umgrenzt von langen, spitzen Glasscherben. Ein paar zerlumpte Gestalten kamen heran.

»Die Turbine, Mann«, murmelte der Fahrer. »Wir sitzen fest.« Er zog den Kopf zwischen die Schultern. »Wenn das nur nicht hier passiert wäre.«

Meine Begleiterin flüsterte: »Der übliche Preis sind fünf Dollar.« Sie blickte so entsetzt auf die näherrückenden Gestalten, daß ich meine Empörung unterdrückte und bezahlte. Der Fahrer griff wortlos nach dem Geldschein. Als er die Turbine anließ, streckte er die Hand zum Fenster hinaus, und ich hörte ein paar Münzen auf das Pflaster klirren.

Meine Begleiterin kehrte in meine Arme zurück, aber ihre Maske war auf den Bildschirm gerichtet.

»Ich habe solche Angst«, hauchte sie.

Himmel erwies sich als ähnlich verkommene Gegend, aber es gab einen Klub mit Vordach und riesenhaftem Portier in einer Phantasieuniform. Wir stiegen aus und sahen eine betrunkene alte Frau mit schiefsitzender Maske auf dem Gehweg herankommen. Der Portier fauchte sie an: »Verschwinde, Oma, und bedeck dich.«

Im Inneren war alles Halbdunkel und blauer Schimmer. Sie hatte gesagt, hier könnten wir uns unterhalten, aber ich sah nicht, wie das möglich sein sollte. Außer dem unvermeidlichen Geniese und Gehuste – angeblich sind fünfzig Prozent aller Amerikaner heutzutage Allergiker – lärmte eine Kapelle im neuesten Robop-Stil, bei dem eine elektronische Komponiermaschine eine willkürliche Tonfolge wählt, in welche die Musiker ihre Einfälle möglichst lautstark einbringen.

Die meisten Leute saßen in Nischen. Die Kapelle spielte hinter der Bar. Auf einer kleinen Plattform daneben tanzte ein Mädchen, nackt bis auf die Gesichtsmaske. Die kleine Gruppe von Männern am Ende der Bar beachtete sie nicht.

Wir blickten auf die Speisekarte, in Goldschrift an der Wand, und drückten die Tasten für Hühnerbrust, Scampi gebacken und zwei Scotch-Whiskys. Augenblicke später tönte die Service-

Glocke. Ich öffnete die schimmernde Tür und nahm unsere Getränke heraus.

Die Männer an der Bar standen auf und gingen zur Tür, schauten sich aber vorher im Lokal um. Meine Begleiterin hatte ihren Mantel weit geöffnet. Ihre Blicke hafteten auf unserer Nische. Ich sah, daß es drei Männer waren.

Die Kapelle verjagte die Tänzerinnen mit Brummlauten.

»Sie wollten, daß ich Ihnen helfe«, sagte ich zu meiner Begleiterin. »Ich finde Sie übrigens sehr schön.«

Sie nickte dankend, schaute sich um und beugte sich vor.

»Wäre es schwer für mich, nach England zu kommen?«

»Nein«, sagte ich etwas betroffen. »Vorausgesetzt, Sie haben einen amerikanischen Paß.«

»Ist er schwierig zu bekommen?«

»Ziemlich schwierig«, sagte ich, verwundert über ihre Unkenntnis. »Ihr Land wünscht nicht, daß seine Bürger reisen, auch wenn es nicht so streng ist wie Rußland.«

»Könnte mir das britische Konsulat behilflich sein, einen Paß zu erhalten?«

»Das ist wohl kaum sein –«

»Könnten Sie es?«

Ich bemerkte, daß wir beobachtet wurden. Ein Mann und zwei Mädchen waren vor unserem Tisch stehengeblieben. Die Mädchen waren hochgewachsen und wölfisch mit glitzernden Masken. Der Mann stand lässig zwischen ihnen.

Meine Begleiterin sah sie nicht an, lehnte sich aber zurück. Mir fiel auf, daß eines der Mädchen am Unterarm einen großen blauen Fleck hatte. Einen Augenblick danach gingen die drei zu einer Nische.

»Kennen Sie sie?« fragte ich. Sie antwortete nicht. Ich leerte mein Glas. »Ich bin nicht sicher, ob Ihnen England gefallen würde«, meinte ich. »Das Leben mit seinen Einschränkungen dort unterscheidet sich völlig von Ihrem Elend hier.«

Sie beugte sich wieder vor.

»Aber ich muß fort«, flüsterte sie.

»Warum?« Ich wurde ungeduldig.

»Weil ich Angst habe.«

Die Glocke tönte. Ich öffnete die kleine Tür und gab ihr die gebackenen Scampi. Die Sauce auf meiner Hühnerbrust roch angenehm nach Mandeln, Soja und Ingwer, aber mit dem Automatik-Herd mußte etwas nicht in Ordnung gewesen sein, denn beim ersten Bissen knirschte ein Eiskörnchen im Fleisch.

Ich legte die Gabel weg.

»Wovor haben Sie eigentlich Angst?« fragte ich.

»Vor allem«, sagte sie nach einer langen Pause.

Ich nickte und berührte ihre Hand.

»Ich habe Angst vor dem Mond«, begann sie mit verträumter, spröder Stimme, wie im Taxi. »Man kann ihn nicht sehen, ohne an ferngelenkte Bomben zu denken.«

»Über England steht derselbe Mond«, sagte ich.

»Aber es ist nicht mehr Englands Mond, sondern der von uns und Rußland. Ihr seid nicht verantwortlich. Ah, und dann fürchte ich mich vor den Autos und den Banden und der Einsamkeit und Inferno. Ich fürchte mich vor der Lust, die einem das Gesicht entblößt. Und – ich habe Angst vor den Ringern.«

»Ja?« sagte ich nach einer Pause.

Sie beugte sich zu mir.

»Wissen Sie etwas über die Ringer?« fragte sie. »Die mit Frauen ringen, meine ich? Sie verlieren oft, wissen Sie. Und dann brauchen sie eine Frau, an der sie ihren Ärger auslassen können. Eine Frau, die weich und schwach und ängstlich ist. Das brauchen sie, um Männer bleiben zu können. Andere Männer wollen nicht, daß sie eine Frau haben. Sie wollen, daß sie mit Frauen kämpfen und Helden sind. Aber sie brauchen eine Frau. Es ist schrecklich für sie.«

Ich drückte ihre Hand fester.

»Ich glaube, ich kann Sie nach England bringen«, sagte ich.

Schatten glitten auf den Tisch und verharrten dort. Ich sah auf zu den drei Männern, die an der Bar gesessen hatten. Es waren die Männer aus dem großen Coupé. Sie trugen schwarze Pullover und enge schwarze Hosen. Ihre Gesichter waren ausdruckslos wie die von Drogensüchtigen. Zwei standen bei mir, der dritte vor dem Mädchen.

»Verschwinde, Mann«, sagte einer zu mir, und der andere

Mann sagte zu dem Mädchen: »Wir ringen eine Runde, Kleine. Was ist gefällig? Judo, Hand-Hand oder Schlagtot?«

Ich stand auf. Manchmal muß man sich einfach wehren. Aber dann kam der Mann, der mit den beiden Mädchen erschienen war, auf uns zu. Die Reaktion der drei anderen verblüffte mich. Sie wurden ausgesprochen verlegen.

Er lächelte schief.

»Mit solchen Tricks gewinnt ihr bei mir nichts«, sagte er.

»Komm nicht auf falsche Gedanken, Zirk«, flehte einer von ihnen.

»Doch, wenn es stimmt«, sagte er. »Sie hat mir erzählt, was ihr heute nachmittag gemacht habt. Damit schmeichelt ihr euch bei mir auch nicht ein. Verschwindet.«

Sie wichen ungeschickt zurück.

»Los, gehen wir«, sagte einer von ihnen laut. »Ich kenne ein Lokal, wo sie nackt mit Messern kämpfen.«

Little Zirk lachte melodisch und setzte sich zu meiner Begleiterin. Sie wich ein wenig vor ihm zurück. Ich zog die Beine an und beugte mich vor.

»Wer ist dein Freund, Baby?« fragte er, ohne sie anzusehen.

Sie gab die Frage mit einer Handbewegung an mich weiter. Ich sagte es ihm.

»Engländer«, sagte er. »Sie hat Sie gefragt, wie sie das Land verlassen kann? Wie sie zu einem Paß kommt?« Er lächelte liebenswürdig. »Sie läuft gern weg. Nicht wahr, Baby?« Seine kleine Hand streichelte ihr Handgelenk, mit gekrümmten Fingern, so, als wolle er zupacken.

»Hören Sie mal«, sagte ich scharf. »Ich bin Ihnen dankbar, weil Sie die Kerle verjagt haben, aber –«

»Keine Ursache«, sagte er. »Sie sind harmlos, außer, wenn sie am Steuer sitzen. Eine trainierte Vierzehnjährige könnte jeden zum Krüppel machen. Na, sogar Theda hier, wenn sie davon etwas halten würde –« Er hob die Hand und streichelte ihr Haar. »Du weißt doch, daß ich heute verloren habe, nicht wahr, Baby?« sagte er leise.

Ich stand auf.

»Kommen Sie«, sagte ich zu ihr. »Wir gehen.«

Sie blieb sitzen. Ich wußte nicht einmal, ob sie zitterte.

»Ich bringe Sie fort«, sagte ich zu ihr.

Er lächelte mich an.

»Sie möchte gerne mitgehen«, sagte er. »Nicht wahr, Baby?«

»Kommen Sie oder nicht?« sagte ich zu ihr.

Er packte ihr Haar fester.

»Passen Sie auf, Sie kleine Ratte«, fauchte ich ihn an.

Er kam hoch wie eine Schlange. Ich bin kein guter Kämpfer. Ich weiß nur, daß ich um so härter und schneller zuschlage, je mehr Angst ich habe. Diesmal stand mir das Glück zur Seite. Aber als er nach hinten fiel, spürte ich einen Schlag und vier Stiche in der Wange. Ich preßte die Hand darauf. Ich konnte die vier Schnittwunden spüren und das Blut, das aus ihnen rann.

Sie sah mich nicht an. Sie beugte sich über Little Zirk, preßte ihre Maske an sein Gesicht und sang: »Na, na, nicht so schlimm, du kannst mir hinterher wehtun.«

Rings um uns wurde es laut, aber niemand kam näher. Ich beugte mich vor und riß ihr die Maske herunter.

Ich weiß wirklich nicht, warum ich etwas anderes hätte erwarten sollen. Das Gesicht war natürlich sehr blaß und ungeschminkt. Unter einer Maske hat Schminke wohl keinen Sinn. Die Brauen waren ungepflegt, die Lippen rauh. Aber was den Ausdruck betrifft, die Gefühle, die darüber hinwegzuckten –

Haben Sie schon einmal einen großen Stein in feuchter Erde aufgehoben? Haben Sie die glitschigen, weißen Maden darunter gesehen?

»Ja, Sie haben solche Angst, nicht wahr?« sagte ich sarkastisch. »Sie fürchten sich vor diesem kleinen Drama jede Nacht.«

Und ich ging hinaus in die Nacht, noch immer die Hand auf die blutende Wange gepreßt. Niemand hielt mich auf, nicht einmal die Ringerinnen. Ich hätte gern einen Streifen unter meinem Hemd abgerissen und ihn an Ort und Stelle geprüft, um festzustellen, daß ich zuviel Strahlung erwischt hatte, damit ich darum bitten konnte, den Hudson zu überqueren, nach New Jersey zu fahren, vorbei an der anhaltenden Strahlung der Bombe, weiter nach Sandy Hook, um auf das verrostete Schiff zu warten, das mich zurück nach England bringen würde.

Wunscherfüllung

Mariana hatte in der großen Villa gewohnt und die hohen Fichten rings um sie schon seit einer Ewigkeit gehaßt, als sie das Geheimfach in der Hauptkontrolltafel des Hauses fand.

Das Geheimfach war einfach eine Aluminiumplatte – sie hatte dahinter Raum für noch mehr Schalter vermutet, falls man sie jemals brauchen sollte, Gott behüte! – zwischen der Klima- und der Schwerkraftsteuerung. Über den Schaltern für das 3 D-TV, aber unter denen für Butler- und Dienst-Roboter.

Jonathan hatte ihr befohlen, die Hauptkontrolltafel nicht zu berühren, während er in der Stadt war, weil sie alles Elektrische demolierte, und als das Geheimfach unter ihren forschenden Fingern aufging und die Platte klirrend zu Boden fiel, erschrak sie zuerst.

Dann sah sie, daß es nur ein kleines Stück Aluminiumblech war, und daß im Fach dahinter sechs kleine Schalter untergebracht waren. Nur der oberste war beschriftet. Winzige Leuchtbuchstaben daneben verkündeten ›BÄUME‹, und er war eingeschaltet.

Als Jonathan am Abend aus der Stadt zurückkam, nahm sie ihren ganzen Mut zusammen und erzählte ihm davon. Er war weder besonders aufgebracht noch beeindruckt.

»Natürlich gibt es einen Schalter für die Bäume«, erklärte er und bedeutete dem Robot-Butler, sein Steak zu zerteilen. »Hast du nicht gewußt, daß das Radio-Bäume sind? Ich wollte nicht fünfundzwanzig Jahre auf sie warten, und auf dem Gestein gedeihen sie ohnehin nicht. Eine Station in der Stadt sendet eine Muster-Fichte, Geräte wie unsere empfangen sie und projizieren sie rund um ein Haus. Vulgär, aber praktisch.«

Nach einer Weile sagte sie schüchtern: »Jonathan, sind die Radio-Bäume schemenhaft, wenn man durch sie hindurchfährt?«

»Natürlich nicht! Sie sind so massiv wie dieses Haus und das Gestein darunter – für das Auge und auch für die Berührung. Man könnte sie sogar erklettern. Wenn du einmal hinausgehen würdest, wüßtest du über solche Dinge Bescheid. Die Station in der Stadt sendet Signale alternierender Materie mit 60 Hertz in der Sekunde. Das Wissenschaftliche verstehst du nicht.«

Sie wagte noch eine Frage: »Warum war der Schalter für die Bäume versteckt?«

»Damit du nicht daran herumfingerst – wie bei der Feineinstellung am Fernseher. Damit du nicht auf dumme Gedanken kommst und die Bäume etwa veränderst. Es würde mich beunruhigen, den einen Tag Eichen und den nächsten Birken vorzufinden, das kann ich dir sagen. Ich bin für Beständigkeit, und ich mag Fichten.« Er betrachtete die Bäume durch die Panoramascheibe des Eßzimmers und brummte zufrieden.

Sie hatte ihm sagen wollen, daß sie die Fichten haßte, aber das entmutigte sie, und sie ließ das Thema fallen.

Am nächsten Tag ging sie jedoch gegen Mittag zum Geheimfach, schaltete die Fichten ab und drehte sich blitzschnell um.

Zuerst geschah gar nichts, und sie glaubte schon, Jonathan hätte sich geirrt, wie so oft, auch wenn er es nicht zugab, aber dann begannen sie zu verschwimmen, Flecken aus hellgrünem Licht durchzuckten sie, dann verblaßten sie und waren verschwunden, ließen nur einen unerträglichen grellen Lichtpunkt zurück – genau wie beim Fernsehgerät, wenn man es abschaltete. Der Stern schwebte scheinbar lange Zeit regungslos an der Stelle, dann wich er zurück und raste dem Horizont entgegen.

Nun, da die Fichten verschwunden waren, konnte Mariana die wahre Landschaft sehen. Es war flaches, graues Gestein, endlose Meilen weit, genau dasselbe wie jenes, worauf das Haus stand, und das den Boden des Innenhofes bildete. In allen Richtungen das gleiche. Eine schwarze, zweispurige Straße führte pfeilgerade hindurch – nicht mehr.

Der Anblick mißfiel ihr sofort – er war schrecklich einsam und bedrückend. Sie schaltete die Schwerkraft auf Mond-Norm und tanzte verträumt umher, schwebte über die Bücherregale in der Zimmermitte und den Flügel, ließ sogar die Dienst-Roboter mittanzen, aber das heiterte sie nicht auf. Gegen zwei Uhr wollte sie die Fichten wieder einschalten, was sie ohnehin hatte tun wollen, bevor Jonathan heimkam und wütend wurde.

Sie stellte fest, daß es in der Reihe der kleinen Tasten eine Veränderung gegeben hatte. Der ›BÄUME‹-Schalter hatte seinen Leuchtnamen nicht mehr. Sie erinnerte sich, daß es der oberste gewesen war, aber der ließ sich nicht mehr einschalten. Sie versuchte es mit Gewalt, aber es ging nicht.

Den ganzen Nachmittag saß sie vor der Eingangstür auf den Stufen und beobachtete die schwarze, zweispurige Straße. Kein Fahrzeug und keine Person tauchte auf, bis Jonathans beiger Sportwagen erschien, zuerst scheinbar regungslos in der Ferne, dann wie eine mikroskopisch kleine Schnecke näherrückend, obwohl er, wie sie wußte, immer sehr schnell fuhr – einer der Gründe dafür, warum sie nie mitfuhr.

Jonathan war nicht so zornig, wie sie befürchtet hatte.

»Deine eigene Schuld, weil du daran herumprobiert hast«, sagte er kurz. »Jetzt müssen wir jemand kommen lassen. Verdammt, ich esse ungern, wenn ich nichts sehe als den Fels! Schon schlimm genug, wenn man am Tag zweimal da durchfahren muß.«

Sie fragte ihn stockend nach der Trostlosigkeit der Landschaft und dem Fehlen von Nachbarn.

»Du wolltest doch ganz draußen wohnen«, sagte er. »Du hättest nicht einmal etwas gewußt davon, wenn du die Bäume nicht abgeschaltet hättest.«

»Ich muß dich noch mit etwas belästigen, Jonathan«, sagte sie. »Der zweite Schalter – der darunter – hat jetzt einen Namen, der aufgeleuchtet ist. Da steht nur ›HAUS‹. Er ist eingeschaltet – ich habe ihn nicht angerührt! Glaubst du –«

»Das muß ich mir ansehen«, sagte er, sprang auf und knallte das Martini-Glas auf das Tablett des Dienst-Roboters, daß es klirrte. »Ich habe das Haus massiv gekauft, aber es gibt Betrüger. Normalerweise erkenne ich Sende-Stil sofort, aber man könnte mir etwas unterschoben haben, das von einem anderen Planeten oder Sonnensystem übertragen worden ist. Feine

Sache, wenn ich und fünfzig andere Multi-Megadollar-Leute in gleichen Häusern säßen, während jeder glaubt, das seine sei einmalig.«

»Aber wenn das Haus auf Fels steht –«

»Das würde den Schwindel nur erleichtern, du dummes Ding!«

Sie erreichten die Hauptkontrolltafel.

»Da«, sagte sie, streckte die Hand aus – und drückte auf den Schalter ›HAUS‹.

Einen Augenblick lang geschah nichts, dann lief eine weiße Wellenbewegung über die Decke, Wände und Möbel quollen auf und brodelten wie kalte Lava, und danach standen sie allein auf einem Felstisch von der Größe dreier Tennisplätze. Selbst die Hauptkontrolltafel war verschwunden. Als einziges ragte ein dünner Stab aus dem grauen Gestein, der oben einen kleinen Block mit den sechs Schaltern trug – das, und ein unerträglich greller Stern in der Luft, wo das Schlafzimmer gewesen war.

Mariana drückte verzweifelt auf den Knopf, aber er war nicht mehr beschriftet, dafür jedoch unbeweglich.

Der schwebende Stern fegte davon wie eine Leuchtkugel, aber im letzten Lichtschein sah sie Jonathans Gesicht vor Wut verzerrt. Er hob die Hände wie Klauen.

»Du Idiot!« schrie er und ging auf sie los.

»Nein, Jonathan, nein!« jammerte sie und wich zurück, aber er kam immer näher.

Sie begriff, daß der Block mit den Schaltern in ihren Händen abgerissen war. Auf dem dritten Knopf leuchtete jetzt der Name ›JONATHAN‹. Sie drückte ihn.

Als seine Finger sich in ihre nackten Schultern krallten, schienen sie sich in Schaumgummi, dann in Luft zu verwandeln. Sein Gesicht und der graue Flanellanzug schillerten gespenstisch, dann zerliefen sie. Sein Stern, kleiner als der des Hauses, aber viel näher, blendete sie. Als sie die Augen wieder öffnete, war von dem Stern und Jonathan nichts mehr übriggeblieben als ein tanzendes schwarzes Nachbild wie ein schwarzer Tennisball.

*

Sie war allein auf einer unendlichen, flachen Gesteinsebene unter dem wolkenlosen, sternbesetzten Himmel.

Auf dem vierten Schalter leuchtete jetzt das Wort ›STERNE‹.

Nach ihrer Armbanduhr mit den Leuchtziffern war es fast Morgen, und sie war durchfroren, als sie endlich beschloß, die Sterne abzuschalten. Sie wollte es nicht tun – in ihren langsamen Bahnen über den Himmel waren sie das letzte Zeichen der geordneten Wirklichkeit – aber es schien das einzige zu sein, was sie noch tun konnte.

Sie fragte sich, was auf dem letzten Schalter stehen würde. ›FELS‹? ›LUFT‹? Oder gar . . .

Sie schaltete die Sterne ab.

Die Milchstraße, in ihrer unveränderbaren Pracht hingewölbt, begann zu sieden, und ihre Sterne tanzten durcheinander wie Sonnenstäubchen. Bald blieb nur einer, heller noch als Sirius oder Venus – bis er zurückzuckte, verblaßte und in der Unendlichkeit verschwand.

Auf dem fünften Schalter stand ›DOKTOR‹, und er war nicht ein-, sondern ausgeschaltet.

In Mariana flutete unerklärliches Entsetzen hoch. Sie wollte den fünften Schalter nicht einmal berühren. Sie stellte den Block mit den Schaltern auf den Fels und wich davor zurück.

In der sternlosen Dunkelheit wagte sie aber nicht weit zu gehen. Sie kauerte sich nieder und wartete auf den Morgen. Von Zeit zu Zeit schaute sie auf ihre Uhr und auf das schwache Leuchten des Schalterblocks, der zehn oder zwölf Meter von ihr entfernt war.

Es schien viel kälter zu werden.

Sie schaute auf die Uhr. Zwei Stunden nach Sonnenaufgang. Es fiel ihr ein, daß man ihr in der dritten Klasse beigebracht hatte, auch die Sonne sei nur ein Stern. Sie ging zu dem Schalterblock, setzte sich, hob ihn schaudernd auf und betätigte den fünften Schalter.

Das Gestein unter ihr wurde weich und duftend, legte sich über ihre Beine und wurde langsam weiß.

Sie saß in einem kleinen blauen Zimmer mit weißen Nadelstreifen in einem Krankenhausbett.

Eine freundliche, mechanische Stimme tönte aus der Wand.

»Du hast die Wunscherfüllungs-Therapie durch eigenen Entschluß unterbrochen. Wenn du jetzt deine kranke Depression erkennst und bereit bist, Hilfe anzunehmen, kommt der Arzt zu dir. Wenn nicht, steht es dir frei, zur Wunscherfüllungs-Therapie zurückzukehren und sie bis zum endgültigen Schluß zu verfolgen.«

Mariana sah hinunter. Sie hatte den Schalterblock noch immer in der Hand, und auf dem fünften Schalter leuchtete immer noch: ›DOKTOR‹.

Die Wand sagte: »Deinem Schweigen entnehme ich, daß du Behandlung wünschst. Der Arzt kommt sofort.«

Das unerklärliche Entsetzen kehrte mit verdoppelter Kraft zurück.

Sie schaltete den Doktor ab.

Sie war wieder im sternenlosen Dunkel. Das Gestein war viel kälter geworden. Sie spürte eisige Federn auf ihrem Gesicht – Schnee.

Sie hob den Schalterblock und sah zu ihrer unaussprechlichen Erleichterung, daß auf dem sechsten und letzten Schalter jetzt in winzigen Leuchtbuchstaben stand: ›MARIANA‹.

Das Ruß-Gespenst

Miss Millick fragte sich, was eigentlich mit Mr. Wran los war. Er gab die seltsamsten Bemerkungen von sich, wenn sie zum Diktat mußte. Erst diesen Morgen hatte er sich plötzlich umgedreht und gefragt: »Haben Sie schon mal ein Gespenst gesehen, Miss Millick?« Und sie hatte nervös gekichert und erwidert: »Als ich klein war, kam etwas Weißes aus dem Schrank im Mansardenzimmer, wo ich schlief, und stöhnte. Das war natürlich nur meine Einbildung. Ich hatte vor vielen Dingen Angst.« Und er hatte gesagt: »Diese Art von Gespenst meine ich nicht. Ich meine einen Geist aus der Welt von heute, mit dem Ruß der Fabriken im Gesicht und dem Hämmern der Maschinen in der Seele. Von der Art, die Kohlenbunker heimsucht und nachts durch leere Bürogebäude schleicht. Ein echtes Gespenst. Nicht eins aus Büchern.« Und sie hatte nicht gewußt, was sie darauf erwidern sollte.

Er war früher nie so gewesen. Es mochte natürlich sein, daß er Witze macht, aber so klang es nicht. Miss Millick fragte sich vage, ob er nicht Mitgefühl bei ihr suchte. Mr. Wran war zwar verheiratet und hatte ein Kind, aber das hinderte sie nicht an Tagträumen. Die Tagträume waren nicht besonders erregend, trugen aber dazu bei, sie zu beschäftigen.

»Haben Sie sich schon einmal überlegt, wie ein Gespenst unserer Tage aussehen würde, Miss Millick? Stellen Sie es sich vor. Ein rauchiges Gesicht mit der hungrigen Sorge des Arbeitslosen, der neurotischen Unruhe der Person ohne Ziel, der ruckhaften Anspannung des gestreßten Großstadtarbeiters, dem unsicheren Groll des Streikenden, dem gefühllosen Opportunismus des Streikbrechers, dem aggressiven Jammern des Bettlers, dem gehemmten Terror des bombardierten Zivilisten, und tausend anderen verzerrten Gefühlsmustern. Schichten übereinander und doch miteinander verschmelzend wie ein Stapel halb durchsichtiger Masken?«

Miss Millick fröstelte verlegen und sagte: »Das wäre furchtbar. Was für ein gräßlicher Einfall.«

Sie blickte heimlich über den Schreibtisch. Verlor er den Verstand? Sie erinnerte sich, gehört zu haben, daß an Mr. Wrans Kindheit etwas eindrucksvoll Unnormales gewesen sei, wußte aber nicht, was es gewesen war. Wenn sie nur etwas tun könnte – über seine Laune lachen oder ihn fragen, was denn nicht stimme.

»Ja, genau so könnte ein solches Gespenst oder eine belebte Projektion aussehen, Miss Millick«, fuhr er fort und lächelte gezwungen. »Es würde aus der realen Welt erwachsen. Es würde all die verfilzten, gemeinen, bösartigen Dinge widerspiegeln. All das Unerledigte. Und es wäre sehr schmutzig. Ich glaube nicht, daß es weiß oder schemenhaft erscheinen oder daß es Friedhöfe bevorzugen würde. Es würde nicht stöhnen. Aber es würde unverständliches Zeug murmeln und einen am Ärmel zupfen. Wie ein kranker, mürrischer Affe. Was würde so ein Wesen von einem Menschen wollen, Miss Millick? Opfer? Verehrung? Oder einfach Angst? Was könnte man tun, um es abzuweisen?«

Miss Millick kicherte nervös. In Mr. Wrans gewöhnlichem, flachem Dreißigergesicht vor dem staubigen Fenster stand ein Ausdruck, den sie nicht beschreiben konnte. Er wandte sich ab und starrte hinaus. »Da es körperlos ist, könnte es einem physisch natürlich nichts tun«, fuhr er fort. »Zu Anfang. Man müßte besonders sensitiv sein, um es auch nur zu sehen oder wahrzunehmen. Aber es würde anfangen, die Handlungen eines Menschen zu beeinflussen: zu diesem zwingen, an jenem hindern. Wenngleich nur eine Projektion, würde es mit der Zeit seine Klauen in die Welt der Dinge schlagen, so, wie sie sind. Vielleicht sogar die Herrschaft über geeignete, leere Gehirne ergreifen. Dann könnte es schaden, wem es wollte.«

Miss Millick wand sich und überflog ihre Stenozeilen. Sie merkte, daß es dunkler wurde, und wünschte sich, Mr. Wran möge sie auffordern, das Deckenlicht einzuschalten. Sie kam sich schmutzig vor, so, als riesle Ruß auf ihre Haut.

»Eine verrottete Welt, Miss Millick«, sagte Mr. Wran zum Fenster. »Bereit für noch ein makabres Wachstum des Aberglaubens. Es ist Zeit, daß die Gespenster, oder wie Sie sie nennen wollen, an die Spitze treten und eine Herrschaft der Angst errichten. Sie wären nicht schlimmer als die Menschen.«

»Aber –« Miss Millicks Zwerchfell zuckte, so daß sie albern kichern mußte – »es gibt natürlich gar keine Gespenster.«

Mr. Wran drehte sich um.

»Natürlich nicht, Miss Millick«, sagte er laut und herablassend, so, als hätte sie die ganze Zeit davon geredet, nicht er. »Wissenschaft und gesunder Menschenverstand und Psychiatrie beweisen das.«

Sie ließ den Kopf sinken. Ihre Beinmuskeln zuckten und zwangen sie, aufzustehen, obwohl sie das gar nicht vorgehabt hatte. Sie fuhr mit der Hand ziellos an der Schreibtischkante entlang.

»O je, Mr. Wran, sehen Sie mal«, sagte sie und zeigte ihm einen schwarzen Fleck. »Kein Wunder, daß die Briefbögen immer so schwarz werden. Man müßte mit den Putzfrauen reden. Sie lassen Ihr Zimmer offenbar aus.«

»Also, kommen wir auf die Postdrucksachen zurück«, sagte er scharf und begann zu diktieren.

Als sie gegangen war, sprang er auf, fuhr mit den Fingern versuchsweise über den beschmutzten Teil des Schreibtischs und betrachtete sorgenvoll die fast tintenschwarzen Flecken. Er riß eine Schublade auf, zog ein Tuch heraus, wischte den Tisch hastig ab, knüllte das Tuch zusammen und warf es wieder in die Schublade. Dort lagen schon drei oder vier Lumpen, alle rußbeschmiert.

Dann schritt er zum Fenster und starrte besorgt in die zunehmende Dunkelheit, suchte das Dächerpanorama ab, die Kamine und Wasserbehälter.

»Eine Neurose. Müssen Zwangsvorstellungen sein. Halluzinationen«, murmelte er vor sich hin. »Die verdammte geistige Abnormität in neuer Gestalt. Eine andere Erklärung gibt es nicht. Aber alles ist so verdammt echt. Sogar der Ruß. Nur gut, daß ich zum Psychiater gehe. Ich glaube nicht, daß ich heute mit der Hochbahn fahren könnte –« Seine Stimme erstarb, er rieb sich die Augen, und sein Gedächtnis begann automatisch zu arbeiten.

Alles hatte mit der Hochbahn begonnen. Es gab ein bestimmtes kleines Dächermeer, das er immer betrachtete, wenn der überfüllte Waggon ihn auf dem Heimweg um eine Kurve trug. Eine triste, melancholische Welt aus Teerpappe, geteertem Kies und rußigen Ziegeln. Verrostete Blechkamine mit seltsam konischen Hüten erinnerten an verlassene Horchposten. An der nahen Wand ein verwaschenes Werbeplakat für irgendeine Patentmedizin. An der Oberfläche wie zehntausend andere schäbige Dächer in der Stadt. Aber er sah sie immer in der Dämmerung, entweder im rauchigen Halblicht, oder von den flachen Strahlen eines schmutzigen Sonnenuntergangs rötlich getönt, oder bedeckt von geisterhaften, windverwehten weißen Regenwänden, oder gefleckt von schwärzlichem Schnee; und es wirkte ungewöhnlich trist und bedeutsam, beinahe von schöner Häßlichkeit, wenn auch in keiner Weise pittoresk; düster, aber voll Sinn. Der schnelle tägliche Blick in das Halbdunkel wurde für ihn zu einem Bestandteil seines Lebens. Am Morgen sah er das seltsamerweise nie, weil er auf der anderen Seite des Waggons saß und den Kopf in seine Zeitung steckte.

Eines Abends, es ging auf den Winter zu, fiel ihm auf dem dritten Dach neben den Gleisen etwas auf, das aussah wie ein formloser schwarzer Sack. Er dachte nicht darüber nach, sondern nahm das nur als Ergänzung zu der schon wohlbekannten Szene. Am nächsten Abend entschied er jedoch, daß er sich in einer Beziehung geirrt hatte. Der Gegenstand lag ein Dach näher, als er vermutet hatte. Farbe und Konsistenz, und die schmutzigen Spuren ringsherum wiesen darauf hin, daß er mit Kohlenstaub gefüllt war, was kaum einen Sinn ergab. Am folgenden Abend schien er vom Wind an einen verrosteten Ventilator geweht worden zu sein – was nicht möglich war, wenn er auch nur eine geringe Schwere besaß. Vielleicht war er mit Laub gefüllt. Catesby Wran entdeckte überrascht, daß er schon mit einiger Sorge auf den nächsten Abend wartete. Und sie erwies sich als berechtigt, denn das Ding lag nun auf dem nächsten Dach, wenn auch auf der anderen Seite, gerade so, als sei es über die niedrige Ziegelbrüstung gekippt.

Am nächsten Abend war der Sack verschwunden. Catesby

ärgerte sich kurz über die Erleichterung, die er verspürte, weil das Ganze zu unwichtig erschien, um solche Gefühle auszulösen. Was spielte es für eine Rolle, wenn seine Phantasie ihm einen Streich gespielt und er sich vorgestellt hatte, das Ding krieche und schleppe sich näher über die Dächer heran? So arbeitete jede normale Phantasie. Als er von der Hochbahn heimging, ertappte er sich bei der Frage, ob der Sack wirklich fort war. Er schien sich an eine rußige Spur zu erinnern, die zur anderen Dachseite führte und an einer Brüstung endete. Einen Augenblick lang entstand die unangenehme Vorstellung in ihm, daß ein tintenschwarzes, buckliges Etwas hinter der Brüstung kauerte und wartete. Er schob diese Gedanken weg.

Als er beim nächstenmal das Schwanken des Waggons in der Kurve verspürte, versuchte er, nicht hinauszusehen. Das ärgerte ihn. Er drehte schnell den Kopf. Als er wieder nach vorn blickte, war sein Gesicht blaß geworden. Hatte er wirklich den oberen Teil von einer Art Kopf über die Brüstung ragen sehen? Unsinn, sagte er sich. Und selbst wenn er etwas gesehen hatte, gab es tausend Erklärungen, die nichts mit Halluzinationen oder Übernatürlichem zu tun hatten.

Der Heimweg an diesem Abend war ihm kein Vergnügen, und am nächsten Tag beschäftigte ihn das Problem im Büro. Da begann er seine Nerven damit zu beruhigen, daß er halb im Spaß Bemerkungen zu Miss Millick machte, die entsprechend fassungslos war. An diesem Tag nahm er auch eine zunehmende Antipathie gegen Ruß und Schmutz wahr. Alles, was er anrührte, schien dreckig zu sein, und er wischte den ganzen Tag an seinem Schreibtisch herum. Lange, bevor der Waggon die Kurve erreichte, strengte er seine Augen im Zwielicht an, entschlossen, alle Einzelheiten zu erfassen.

Hinterher wurde ihm klar, daß er einen dumpfen Schrei ausgestoßen haben mußte, denn sein Nachbar sah ihn merkwürdig an. Unwillkürlich schloß er fest die Augen. Wem konnte er sagen, was er gesehen hatte – dieses schlappe, verzerrte Gesicht aus Sackrupfen und Kohlenstaub, die knochenlose Pfote, hin-

und herbewegt, unzweifelhaft in seine Richtung, wie um ihn an eine zukünftige Verabredung zu erinnern?

Auf irgendeine Weise gelang es ihm die besorgten Fragen seiner Frau abzuwehren. Am nächsten Morgen entschloß er sich, einen Psychiater aufzusuchen, von dem ihm ein Freund berichtet hatte. Es kostete ihn erhebliche Anstrengung, weil Catesby eine wohlbegründete Abneigung gegen alles hatte, was mit psychologischen Normabweichungen zusammenhing. Einen Psychiater aufzusuchen, hieß, eine Episode aus seiner Vergangenheit auszugraben, über die nicht einmal seine Frau ganz informiert war. Die Entscheidung brachte ihm trotzdem große Erleichterung, aber als die rauchige Dämmerung hereinbrach, kehrte seine Nervosität zurück, und er ließ sich bei seinen halb witzelnden Bemerkungen Miss Millick gegenüber gehen, bis er begriff, daß er niemandem Angst machte außer sich selbst.

Er würde seine Phantasie besser zügeln müssen, dachte er, als er ruhelos auf die massiven, dunklen Umrisse der Bürogebäude hinausstarrte. Den ganzen Nachmittag hatte er sich mit diesen Dingen beschäftigt, und das war nicht gut. Er begriff, daß er länger am Fenster gestanden hatte, als vermutet, denn die Glasscheibe in der Tür war dunkel, und draußen rührte sich nichts mehr. Miss Millick und die anderen mußten längst gegangen sein.

Da machte er die Entdeckung, daß es keinen besonderen Grund dafür gab, sich vor dem Weg um die Kurve in dieser Nacht zu fürchten. Es war, wie sich herausstellte, eine furchtbare Entdeckung. Auf dem schattenhaften Dach gegenüber, vier Stockwerke unter ihm, sah er das schattenhafte Ding kauern und herabrollen und nach einem aufwärts gerichteten Blick des Wiedererkennens mit der Schwärze unter dem Wassertank verschmelzen.

Als er eilig seine Sachen zusammenraffte und zum Lift eilte, erschienen ihm Halluzinationen und eine leichte Psychose als sehr begehrenswerte Zustände. Seine ganze Hoffnung richtete sich nun auf den Psychiater.

»Sie werden also immer nervöser und – schreckhafter, wie Sie das nennen«, sagte Dr. Trevethik lächelnd. »Sind Ihnen deutlichere körperliche Symptome aufgefallen? Schmerzen? Kopfweh? Verdauungsstörungen?«

Catesby schüttelte den Kopf und befeuchtete die Lippen.

»Ich bin besonders nervös in der Hochbahn«, murmelte er.

»Aha. Darüber sprechen wir noch. Zuerst möchte ich auf eine andere Bemerkung zurückkommen. Sie sagten, in Ihrer Kindheit gebe es etwas, das Sie für nervöse Leiden anfällig mache. Wie Sie wissen, sind die ersten Jahre für die Entwicklung eines Verhaltensmusters besonders wichtig.«

Catesby hob den Kopf.

»Von meinem dritten bis zu meinem neunten Lebensjahr etwa war ich, was Sie ein Wunderkind auf dem Gebiet der sinnlichen Wahrnehmung nennen würden«, sagte er langsam.

»Ja?«

»Ich meine, man traute mir zu, daß ich durch Wände sehen, Briefe in ihren Umschlägen, Bücher durch die Einbände lesen, mit einer Augenbinde fechten und Tischtennis spielen, Dinge finden konnte, die vergraben waren, daß ich Gedanken lesen konnte«, stieß er hervor.

»Und konnten Sie das?«

»Ich weiß es nicht. Ich glaube nicht«, erwiderte Catesby. »Das ist jetzt alles ziemlich durcheinandergeraten in mir. Ich glaubte es zu können, aber man ermutigte mich auch dauernd dazu. Meine Mutter interessierte sich für – nun, für übersinnliche Erscheinungen. Ich wurde – vorgeführt. Ich scheine mich zu erinnern, daß ich Dinge sehen konnte, die andere nicht sahen. So, als seien die meisten undurchsichtigen Dinge durchsichtig. Aber ich war noch sehr klein. Ich hatte keine wissenschaftlichen Maßstäbe für eine Beurteilung.«

»Darf ich daraus entnehmen, daß Ihre Mutter Sie als Medium für den Kontakt mit der, äh, anderen Welt zu gebrauchen versuchte?«

Catesby nickte.

»Sie versuchte es, aber es ging nicht. Wenn ich mich mit den Toten in Verbindung setzen wollte, versagte ich völlig. Ich konnte nur – oder glaubte es zu können – echte, wirklich vorhandene, dreidimensionale Gegenstände sehen, die anderen

Menschen verborgen blieben. Gegenstände, die jeder gesehen hätte, wären nicht Entfernung, Hindernisse oder Dunkelheit gewesen. Für Mutter war das immer eine Enttäuschung.«

»Sie haben von wissenschaftlichen Maßstäben gesprochen, Mr. Wran«, sagte der Arzt nach einer Pause. »Wissen Sie, ob jemand versucht hat, sie zu irgendeiner Zeit auf Sie anzuwenden?«

Catesby Wran nickte erneut.

»Ja. Als ich acht Jahre alt war, interessierten sich zwei junge Psychologen von der Universität für mich. Zuerst machten sie es wohl aus Jux, und ich erinnere mich, sehr entschlossen gewesen zu sein, ihnen zu beweisen, daß ich etwas taugte. Ich glaube mich heute noch zu entsinnen, wie die höfliche Überlegenheit und der Spott plötzlich von ihnen abfielen. Zuerst glaubten sie wohl an geschickte Täuschungen, aber dann stellten sie eine ganze Reihe von strengen Versuchen an. Sie stellten fest, daß ich hellsichtig war – oder glaubten es jedenfalls. Ich wurde nervös. Sie wollten meine übernormalen sinnlichen Fähigkeiten der psychologischen Fakultät vorführen. Zum erstenmal machte ich mir Gedanken darüber, ob ich es schaffen konnte. Vielleicht hatten sie mich überanstrengt, ich weiß es nicht, aber als der Test stattfand, gelang mir jedenfalls gar nichts. Alles war undurchsichtig. Ich versuchte verzweifelt, etwas zu erfinden. Ich schwindelte. Am Ende versagte ich völlig, und die beiden Psychologen kamen in erhebliche Schwierigkeiten, soviel ich weiß.« Er verzog das Gesicht bei der Erinnerung an sein Schuldgefühl. Aber gleichzeitig fühlte er sich erhobener Stimmung. Das Abladen seiner lange unterdrückten Erinnerung hatte seinen ganzen Standpunkt verändert. Die Episoden in der Hochbahn schienen normale Proportionen anzunehmen, als bizarre Reaktion überanstrengter Nerven und einer leicht erregbaren Phantasie. »Von diesem Tag an habe ich nie mehr eine Spur meiner angeblichen Kräfte erkennen lassen. Meine Mutter war außer sich und wollte die Universität verklagen. Ich hatte einen Nervenzusammenbruch. Dann kam es zur Scheidung, und ich wurde meinem Vater zugesprochen. Er gab sich alle Mühe, mich das Ganze vergessen zu lassen. Wir machten viel Ferien und trieben

Sport, waren mit normalen, sachlichen Menschen zusammen. Schließlich ging ich auf die Wirtschaftsschule. Ich bin jetzt in der Werbung tätig. Aber seitdem ich die nervösen Symptome habe, frage ich mich, ob da nicht ein Zusammenhang besteht. Es geht nicht darum, ob ich wirklich hellsichtig war oder nicht. Meine Mutter hat mir wahrscheinlich eine Menge unbewußter Täuschungen beigebracht, die sogar junge Psychologen in die Irre führen konnten. Aber glauben Sie nicht, daß das eine Bedeutung für meinen jetzigen Zustand haben könnte?«

Der Arzt sah ihn eine Weile an und sagte schließlich: »Gibt es noch einen, äh, engeren Zusammenhang zwischen Ihren Erlebnissen damals und jetzt? Stellen Sie etwa fest, daß Sie wieder, äh, nun, Dinge sehen?«

Catesby schluckte und suchte nach Worten. Dann sah er, daß der Arzt nicht ihn ansah, sondern über seine Schulter blickte. Die Farbe wich aus dem Gesicht des Arztes, und seine Augen wurden größer. Dann sprang der Arzt auf, ging an Catesby vorbei, riß das Fenster auf und starrte in die Dunkelheit.

Als Catesby aufstand, warf der Arzt das Fenster zu und sagte mit ein wenig keuchender Stimme: »Hoffentlich habe ich Sie nicht erschreckt. Ich habe auf der Feuertreppe das Gesicht eines, äh, Negers gesehen. Ich muß ihn abgeschreckt haben, denn er scheint sofort verschwunden zu sein. Denken wir nicht mehr daran. Ärzte werden häufig von Voyeuren heimgesucht.«

»Ein Neger?« sagte Catesby und befeuchtete die Lippen.

Der Arzt lachte nervös.

»Das nehme ich an, obwohl mein erster Eindruck der war, daß es sich um einen Weißen mit geschwärztem Gesicht handelte. Von Braun war nichts zu bemerken. Es war kohlschwarz.«

Catesby ging zum Fenster. Am Glas befanden sich Rußflekken.

»Keine Sorge, Mr. Wran«, sagte der Arzt ungeduldig. »Fahren wir mit unserem Gespräch fort. Ich habe Sie gefragt, ob Sie –« er schnitt eine Grimasse – »gewisse Dinge sehen.«

»Nein, ich sehe nichts, was nicht auch andere Leute sehen«, erwiderte Catesby nach einer Pause. »Und ich muß jetzt gehen.

Ich habe Sie schon lange genug aufgehalten.« Er winkte ab, als der Arzt protestieren wollte. »Ich rufe Sie wegen der Untersuchung an. In einer Beziehung haben Sie mir schon eine schwere Last abgenommen.« Er lächelte steif. »Gute Nacht, Doktor Trevethik.«

Catesbys Gemütszustand war von seltsamer Art. Sein Blick suchte jeden kantigen Schatten ab, er starrte in jeden Durchgang, in jede Kelleröffnung, hinauf zu den Dächern, nahm aber kaum wahr, wohin er ging. Er fühlte sich etwas sicherer, als er in eine beleuchtete Straße einbog, wo es Menschen und hohe Gebäude und blinkende Leuchtschrift gab. Nach einiger Zeit stand er in der halbdunklen Eingangshalle seines Bürogebäudes. Dann begriff er, warum er nicht heimgehen konnte – weil er Frau und Kind dazu bringen mochte, es zu sehen, so wie der Arzt es gesehen hatte.

»Guten Abend, Mr. Wran«, sagte der Nachtwächter und öffnete ihm das Gitter zu dem altmodischen Lift. »Ich wußte gar nicht, daß Sie nachts noch arbeiten.«

Catesby stieg automatisch ein.

»Auftragsflut«, murmelte er. »Muß alles raus.«

Die Liftkabine hielt knarrend im obersten Stockwerk.

»Arbeiten Sie noch lange, Mr. Wran?«

Er nickte kurz und sah den Aufzug versinken, dann zog er die Schlüssel heraus und sperrte sein Büro auf. Er wollte Licht machen, aber dann fiel ihm ein, daß die zwei beleuchteten Fenster in der dunklen Fassade zeigen würden, wo er sich aufhielt, ein Ziel, dem etwas entgegenkriechen und -klettern konnte. Er stellte den Stuhl an die Wand und setzte sich im Halbdunkel. Den Mantel zog er nicht aus.

Lange Zeit saß er regungslos da, lauschte seinen eigenen Atemzügen und den fernen Geräuschen auf den Straßen.

Stufenweise verwandelte sich sein Vorstellungsbild von der Welt. Nicht länger eine Welt körperlicher Atome und leeren Raums, sondern eine, in der das Körperlose existierte und sich seinen eigenen unergründlichen Gesetzen oder unvorhersehbaren Impulsen bewegte. Das neue Bild beleuchtete mit schrecklicher Klarheit bestimmte allgemeine Tatsachen, die ihn stets verwirrt und bedrückt hatten, und vor denen er die Augen verschlossen hatte: die Unausweichlichkeit von Haß und Krieg, die diabolisch eingestellten Maschinen, die die besten Absichten der Menschen zunichte machten, die Mauern vorsätzlichen Mißverstehens, die einen Menschen vom anderen trennten, die ewige Lebenskraft von Grausamkeit, Unwissenheit und Habgier. Jetzt schienen sie dazu zu passen, notwendige Bestandteile des Bildes zu sein. Und Aberglaube war nur eine Art von Weisheit.

Dann kehrten seine Gedanken zu sich selbst zurück, und er dachte an die Frage, die er Miss Millick gestellt hatte: ›Was würde so ein Wesen von einem Menschen wollen? Opfer? Verehrung? Oder einfach Angst? Was könnte man tun, um es abzuweisen?‹ Daraus war eine praktische Frage geworden.

Das Telefon begann explosiv zu klingeln.

»Cate, ich habe überall versucht, dich zu erreichen«, sagte seine Frau. »Im Büro hätte ich dich nie vermutet. Was machst du denn? Ich habe mir Sorgen gemacht.«

Er sprach von Arbeit.

»Kommst du gleich heim? Ich habe ein bißchen Angst. Ronny hat sich eben erschreckt und ist aufgewacht. Er deutete immer wieder aufs Fenster und sagte: ›Schwarzer Mann, schwarzer Mann.‹ Natürlich hat er geträumt. Aber ich habe trotzdem Angst. Kommst du heim? Was ist denn, Liebes? Verstehst du mich nicht?«

»Ich komme. Sofort«, sagte er. Dann hastete er hinaus, drückte auf den Knopf der Nachtklingel und starrte in den Liftschacht.

Er sah es aus den dunklen Schatten drei Stockwerke darunter heraufstarren, das Sackgesicht an das Gitter gepreßt. Es lief die Treppe mit erschreckender Geschwindigkeit hinauf und verschwand kurz um die Ecke.

Catesby bearbeitete die Tür zu seinem Büro, bemerkte, daß er sie nicht abgesperrt hatte, riß sie auf, warf sie hinter sich zu und sperrte sie ab, zog sich in die andere Ecke zurück, preßte sich geduckt zwischen Karteikästen und Wand. Seine Zähne klapperten. Er hörte das Ächzen der Liftkabine. Eine Silhouette verdunkelte die Milchglasscheibe an der Tür. Nach kurzer Zeit ging die Tür auf.

Die Deckenlampe flammte auf, und an der Tür, die Hand am Lichtschalter, sah er Miss Millick stehen.

»Aber, Mr. Wran«, stammelte sie, »ich wußte nicht, daß Sie hier sind. Ich bin nur hergekommen, um nach dem Kino noch ein paar Briefe zu tippen. Ich – aber das Licht hat nicht gebrannt. Was haben Sie –«

Er starrte sie an. Er hätte am liebsten vor Erleichterung geschrien, sie gepackt und wild auf sie eingeredet. Er entdeckte, daß er wie ein Hysterischer grinste.

»Mr. Wran, was ist denn mit Ihnen?« fragte sie verlegen und kicherte albern. »Sind Sie krank? Kann ich irgend etwas für Sie tun?«

Er schüttelte ruckhaft den Kopf und sagte mühsam: »Nein, ich bin im Gehen. Ich habe auch Überstunden gemacht.«

»Aber Sie sehen krank aus«, sagte sie und ging auf ihn zu. Ihre hochhackigen Schuhe hinterließen schwarze Abdrücke. »Ich bin sicher, daß Sie krank sind. Sie sehen leichenblaß aus.« Ihr Gesicht hellte sich plötzlich auf. »Ich habe etwas dabei, das Ihnen bestimmt hilft. Gegen Verdauungsstörungen.« Sie kramte in ihrer Handtasche. Er bemerkte, daß sie sie mit einer Hand zerstreut zuhielt, während sie sie mit der anderen zu öffnen versuchte. Dann bog sie vor seinen Augen die dicken Metallbügel der Handtasche nach hinten, als seien sie aus dünnem Blech, oder als seien ihre Finger zu Greifern aus Stahl geworden.

Augenblicklich erinnerte sich Catesby an das, was er zu Miss Millick am Nachmittag gesagt hatte. ›Es könnte einem körperlich nichts tun. Zu Anfang . . . seine Klauen in die Welt der Dinge schlagen . . .‹ Ein Gefühl der Übelkeit und Kälte stieg in ihm auf. Er schob sich zur Tür.

Aber Miss Millick eilte ihm voraus.

»Sie brauchen nicht zu warten, Fred«, rief sie. »Mr. Wran bleibt noch.«

Die Lifttür schloß sich rasselnd. Die Kabine ächzte. Sie drehte sich unter der Tür um.

»Aber, Mr. Wran«, sagte sie vorwurfsvoll, »ich kann Sie doch jetzt nicht heimgehen lassen. Ich bin sicher, daß es Ihnen sehr schlecht geht. Sie könnten auf der Straße zusammenbrechen. Sie müssen einfach hierbleiben, bis Sie sich besser fühlen.«

Das Knarren erstarb. Er stand regungslos mitten im Zimmer. Sein Blick verfolgte Miss Millicks Fußspuren bis zur Tür, die sie versperrte. Ein Laut, der beinahe ein Schrei war, entrang sich ihm.

»Aber, Mr. Wran«, sagte sie. »Sie benehmen sich ja so, als wären Sie verrückt. Sie müssen sich ein bißchen hinlegen. Kommen Sie, ich helfe Ihnen, den Mantel auszuziehen.«

Als sie auf ihn zukam, fuhr er herum, rannte durch den Lagerraum und versuchte die zweite Tür zum Flur aufzusperren.

»Aber, Mr. Wran«, hörte er sie rufen, »haben Sie etwa einen Anfall? Sie müssen sich helfen lassen.«

Die Tür ging auf, und er stürzte hinaus in den Korridor und die Treppe hinauf. Erst als er oben angekommen war, wurde ihm klar, daß die schwere Eisentür vor ihm zum Dach führte. Er riß den Hebel auf.

»Aber, Mr. Wran, Sie dürfen nicht davonlaufen. Ich komme.«

Dann war er auf dem körnigen Kies des Dachs, der Nachthimmel war bewölkt und düster, mit einem rötlichen Schimmer von den Leuchtschriften. Aus den fernen Hochöfen stieg eine geisterhafte Flamme empor. Er lief zur Dachkante. Die Straßenbeleuchtung schien grell herauf. Zwei Männer auf dem Gehweg waren runde Klumpen von Hut und Schultern. Er fuhr herum.

Das Ding war in der Tür. Die Stimme klang nicht mehr fürsorglich, sondern idiotisch munter, nach jedem Satz in ein Kichern übergehend.

»Aber, Mr. Wran, warum sind Sie hier heraufgekommen? Wir sind ja ganz allein. Denken Sie nur, ich könnte Sie hinunterstoßen.«

Das Ding kam langsam auf ihn zu. Er wich zurück, bis seine Fersen die niedrige Brüstung berührten. Ohne zu wissen, warum oder was er tat, fiel er auf die Knie. Das Gesicht, das er nicht anzublicken wagte, kam näher, ein Brennpunkt für das Schlimmste auf der Welt, ein Trichter für Gifte von überallher. Dann ergriff die Hellsichtigkeit des Entsetzens Besitz von ihm, und seine Lippen formten Worte.

»Ich werde dir gehorchen. Du bist mein Gott«, sagte er. »Du hast unendliche Macht über den Menschen und seine Tiere und seine Maschinen. Du beherrschst diese Stadt und alle anderen. Das erkenne ich.«

Wieder das Kichern, näher.

»Aber, Mr. Wran, so haben Sie noch nie geredet. Ist das Ihr Ernst?«

»Du kannst tun mit der Welt, was du willst, sie retten oder vernichten. Das erkenne ich. Ich werde preisen, ich werde opfern. In Rauch und Ruß und Flamme werde ich dich ewig verehren.«

Die Stimme antwortete nicht. Er sah auf. Da war nur Miss Millick, totenblaß und schwankend wie eine Betrunkene. Ihre Augen waren geschlossen. Er fing sie auf, als sie auf ihn zuwankte. Seine Knie gaben unter der zusätzlichen Belastung nach, und sie sanken miteinander auf die Dachkante.

Nach einer Weile begann sie zu zucken. Schwache Laute drangen aus ihrer Kehle, und ihre Lider öffneten sich langsam.

»Kommen Sie, wir gehen hinunter«, murmelte er stockend und versuchte sie hochzuziehen. »Sie fühlen sich schlecht.«

»Mir ist furchtbar schwindlig«, flüsterte sie. »Ich muß ohnmächtig geworden sein. Ich habe nicht genug gegessen. Und dann bin ich in letzter Zeit so nervös, mit dem Krieg und allem. Aber, wir sind ja auf dem Dach! Haben Sie mich heraufgebracht, damit ich frische Luft bekomme? Oder bin ich heraufgekommen, ohne es zu wissen? Ich bin albern. Meine Mutter sagte, ich sei Schlafwandlerin gewesen.«

Als er ihr die Treppe hinunterhalf, drehte sie den Kopf und sah ihn an.

»Aber, Mr. Wran«, sagte sie leise, »Sie haben ja einen großen schwarzen Fleck auf der Stirn. Kommen Sie, ich putze ihn weg.« Schwach rieb sie mit dem Taschentuch. Sie begann wieder zu schwanken, und er stützte sie. »Nein, es geht schon«, sagte sie. »Mir ist nur kalt. Was ist geschehen, Mr. Wran? War ich ohnmächtig?«

Er sagte, so ähnlich sei es gewesen.

Später, als er in einem leeren Waggon der Hochbahn heimfuhr, fragte er sich, wie lange er vor dem Ding sicher sein würde. Es war ein rein praktisches Problem. Er konnte es nicht wissen, aber der Instinkt sagte ihm, daß er das Ungeheuer für eine Weile befriedigt hatte. Würde es mehr verlangen, wenn es wieder erschien? Zeit genug, die Frage zu beantworten, wenn es so weit war. Er würde vorsichtig sein müssen, um Helen und Ronny zu schützen, wie sich selbst. Er begann sich zu fragen, wieviele Menschen das Ding schon gesehen hatten.

Die Hochbahn wurde langsamer und bog um die Kurve. Er starrte auf die Dächer. Sie wirkten ganz normal.

Der Staub ist mein Freund

»Effie! Was machst du denn, zum Teufel?«

Die Stimme ihres Mannes, die ihre Stimmung entsetzter Entrückung zerriß, ließ ihr Herz springen wie eine erschreckte Katze, aber durch ein Wunder weiblicher Selbstbeherrschung verriet ihr Körper nicht einmal ein leises Zittern.

Lieber Gott, dachte sie, er darf es nicht sehen. Es ist so schön, und er tötet das Schöne.

»Ich sehe mir nur den Mond an«, sagte sie tonlos. »Er ist grün.«

Darf nicht, darf es nicht sehen. Und würde es auch nicht sehen, mit Glück. Denn das Gesicht, als hätte es die Drohung in der Stimme auch gehört und gespürt, zog sich vom erleuchteten Fenster ins Dunkel zurück, aber langsam, widerstrebend, und noch immer faunartig, flehend, schmeichelnd, lockend und unfaßbar schön.

»Mach sofort die Läden zu und geh weg vom Fenster!«

»Grün wie eine Bierflasche«, fuhr sie verträumt fort, »grün wie Smaragde, grün wie Laub, durch das die Sonnenstrahlen fallen, und grünes Gras, auf dem man liegen kann.« Sie konnte die letzten Worte nicht zurückhalten. Sie waren ihr Pfand für das Gesicht, auch wenn es sie nicht hören konnte.

»Effie!«

Sie wußte, was dieser Ton bedeutete. Resigniert schloß sie die schweren Innenläden aus Blei und schob die dicken Riegel vor. Das tat ihren Fingern weh, wie immer, aber das durfte er nicht wissen.

»Du weißt, daß man die Läden nicht anrühren darf! Noch mindestens fünf Jahre nicht!«

»Ich wollte mir nur den Mond ansehen«, sagte sie, drehte sich um, und da war alles fort – das Gesicht, die Nacht, der Mond, der Zauber – und sie befand sich wieder in dem schmutzigen, muffigen kleinen Loch, stand wieder vor einem zornigen, muffigen kleinen Mann. Erst jetzt erreichten das ewige Schlagen der Ventilatoren und das Knistern der elektrostatischen Ausfällgeräte, die den Staub aussonderten, wieder ihr Bewußtsein wie der Bohrer eines Zahnarztes.

»Wollte mir nur den Mond ansehen!« äffte er sie mit Falsettstimme nach. »Wollte nur sterben wie eine dumme Gans, damit ich mich deiner noch mehr schämen muß!« Dann wurde seine Stimme barsch und rauh. »Da, meß dich.«

Sie griff stumm nach dem Geigerzähler, den er ihr auf Armlänge hinhielt, wartete, bis das Ticken langsamer wurde als bei einer Uhr – Folge nur von kosmischer Strahlung, ohne Gefahr – und begann das Instrument an ihrem Körper entlangzuführen. Zuerst über Kopf und Schultern, dann entlang an den Armen und zurück an den Unterseiten. Ihre Bewegungen hatten etwas seltsam Wollüstiges, obwohl ihre Züge grau und schlaff waren.

Das Ticken beschleunigte sich nicht, bis sie ihre Hüften erreichte. Dann nahm es plötzlich zu, wurde schneller und immer schneller. Ihr Mann brummte erregt, trat einen Schritt auf sie zu, erstarrte. Sie riß für eine Sekunde erschrocken die Augen auf, dann grinste sie albern, fuhr in die Tasche ihrer schmutzigen Schürze und zog schuldbewußt eine Armbanduhr heraus.

Er packte sie, sah, daß sie ein Radium-Zifferblatt hatte, fluchte, hob sie hoch, als wolle er sie am Boden zerschmettern, legte sie dann aber vorsichtig auf den Tisch.

»Du Schwachsinnige, du Idiotin«, sagte er immer wieder mit zusammengebissenen Zähnen, die Augen halb geschlossen.

Sie zuckte schwach die Achseln, legte den Geigerzähler auf den Tisch und blieb mit hängenden Schultern stehen.

Er wartete, bis die Litanei seinen Zorn beschwichtigt hatte, bevor er weitersprach. Er sagte leise: »Ich nehme doch an, du begreifst noch immer, in welcher Welt wir leben?«

Sie nickte langsam und starrte ins Leere. Sie wußte es, sie wußte es nur zu gut. Es war die Welt, die nicht begriffen hatte. Die Welt, die immer mehr Wasserstoffbomben stapelte. Die Welt, die diese Bomben in Kobaltmäntel steckte, obwohl sie versprochen hatte, das nicht zu tun, weil das Kobalt sie noch viel furchtbarer machte und nicht mehr kostete. Die Welt, die begonnen hatte, diese Bomben zu werfen, die sich dauernd sagte, sie habe noch nicht genug geworfen, um die Verseuchung der Luft durch den tödlichen radioaktiven Staub aus dem Kobalt auf die Spitze zu treiben. Hatte sie geworfen und wieder geworfen, bis der Gefahrenpunkt, an dem Luft und Boden für alles menschliche Leben tödlich sein würden, erreicht wurde.

Dann hatten die beiden großen feindlichen Gruppen fast einen Monat lang gezögert. Und dann hatten beide, ohne voneinander zu wissen, entschieden, daß man einen letzten gigantischen und entscheidenden Angriff wagen dürfte, ohne die Gefahrengrenze zu überschreiten. Man hatte vorgehabt, die Kobaltmäntel zu entfernen, aber das vergaß man, und dann blieb keine Zeit mehr dafür. Außerdem waren die Militärwissenschaftler beider Gruppen davon überzeugt, daß die Länder der jeweils anderen den meisten Staub abbekommen hatten. Die beiden Angriffe folgten einander innerhalb einer Stunde.

Danach – die Raserei. Die Raserei verurteilter Menschen, die nur noch daran denken, möglichst viele Gegner mitzureißen, in diesem Fall, so hofften sie, alle. Die Raserei der Selbstmörder, die wissen, daß sie das Leben endgültig verpatzt haben. Die Raserei, der von sich Überzeugten, die begreifen, daß sie vom Schicksal, vom Gegner und von sich selbst übertölpelt worden sind, die wissen, daß sie sich vor dem Obersten Gerichtshof der Geschichte nicht zu verteidigen vermögen – und deren unausgesprochene Hoffnung es ist, daß kein Gerichtshof der Geschichte mehr bestehen wird, der sie anklagen kann. Während der Raserei wurden mehr Kobaltbomben abgeworfen als in all den Kriegsjahren zuvor.

Nach der Raserei das Entsetzen. Männer und Frauen, die durch Nase und Haut den Tod in sich einsogen, kämpften unter einem staubdunklen Himmel, der phantastische Dinge mit dem Licht von Sonne und Mond anstellte, wie der Staub vom Krakatau, ums nackte Überleben. Städte, Land und Luft waren gleichermaßen vergiftet, erfüllt von tödlicher Strahlung.

Die einzige echte Chance für das Weiterleben bestand darin, sich die fünf oder zehn Jahre der tödlichen Strahlungsdauer an einen abgedichteten und strahlungssicheren Ort zurückzuziehen, der mit ausreichend Nahrung, Wasser, Strom und Klimaanlage ausgestattet war.

Die Weitsichtigen hatten sich dergleichen eingerichtet, übernommen wurde es von den Stärkeren, von ihnen verteidigt gegen die verzweifelten Horden der Sterbenden . . . bis es davon keine mehr gab.

Danach nur noch das Warten, das Aushalten. Das Dasein eines Maulwurfs, ohne Schönheit oder Zärtlichkeit, aber mit Angst und Schuldbewußtsein als ständigen Begleitern. Nie die Sonne sehen, nie zwischen Bäumen gehen – oder auch nur wissen, ob es noch Bäume gab.

O ja, sie begriff, wie die Welt war.

»Du verstehst wohl auch, daß man uns dieses unterirdische Parterre-Apartment nur zugewiesen hat, weil der Ausschuß uns für verantwortungsvolle Menschen hält, und weil ich mich in der letzten Zeit sehr gut gehalten habe?«

»Ja, Hank.«

»Ich dachte, du bist gern allein. Willst du in die untersten Etagen zurück?«

Guter Gott, nein. Alles, nur nicht dieses stinkende Gedränge, dieses schamlose Gemeinschaftsliegen. Und doch – war das hier so viel besser? Die Nähe zur Oberfläche bedeutete nichts, sie quälte nur. Und das Alleinsein ließ Hank zu Riesengröße anwachsen.

Sie schüttelte pflichtgemäß den Kopf und sagte: »Nein, Hank.«

»Warum bist du dann nicht vorsichtig? Ich habe dir schon hunderttausendmal gesagt, das Glas ist kein Schutz gegen den Staub vor dem Fenster, Effie. Der Bleiladen darf nicht angerührt werden! Wenn du einen einzigen solchen Fehler machst und das bekannt wird, schickt uns der Ausschuß hinunter, ohne mit der Wimper zu zucken. Und man wird es sich zweimal überlegen, bevor man mir wichtige Aufgaben anvertraut.«

»Es tut mir leid, Hank.«

»Leid? Was nützt das, wenn es dir leid tut? Das einzige, was zählt, ist, daß man nie einen Fehler begeht! Warum machst du so etwas, zum Teufel? Was treibt dich dazu?«

»Es ist einfach zu schrecklich, hier eingesperrt zu sein«, sagte sie zögernd, »abgeschnitten von der Sonne und dem Himmel. Ich sehne mich eben nach ein bißchen Schönheit.«

»Glaubst du, ich etwa nicht?« fuhr er sie an. »Glaubst du nicht, daß ich auch hinaus möchte, sorglos sein und es gut haben? Aber ich bin nicht so verdammt egoistisch wie du. Ich möchte, daß meine Kinder und meine Enkel die Sonne genießen können. Begreifst du nicht, daß es nur darauf ankommt, daß wir uns wie gereifte Menschen verhalten und dafür Opfer bringen müssen?«

»Ja, Hank.«

Er betrachtete ihre schlaffe Gestalt, ihr faltiges und teilnahmsloses Gesicht.

»Du mußt ja gerade von der Sehnsucht nach Schönheit reden«, sagte er. »Du hast doch wohl nicht vergessen, daß der Ausschuß sich bis vorigen Monat schwere Gedanken über deine Unfruchtbarkeit gemacht hat, oder? Daß man meinen Namen auf die Warteliste für die Zuteilung einer freien Frau setzen wollte? Und zwar ganz oben!«

Sie konnte sogar dazu nicken, aber nicht, während sie ihn ansah. Sie wandte sich um. Sie wußte sehr gut, daß der Ausschuß sich mit Recht Gedanken über die Geburtenrate machte. Sobald die Gemeinschaft endlich wieder an die Oberfläche zurückkehrte, würde jede zusätzliche gesunde junge Person von großem Nutzen sein, nicht nur im Kampf um das nackte Überleben, sondern im wiederaufgenommenen Kampf gegen den Kommunismus, auf den manche Ausschußmitglieder noch setzten.

Es war natürlich, daß sie eine unfruchtbare Frau mit Mißvergnügen betrachteten, und nicht nur wegen der Vergeudung des Keimplasmas ihres Mannes, sondern auch, weil Unfruchtbarkeit bedeuten mochte, daß sie überdurchschnittlich viel Strahlung aufgenommen hatte. In diesem Fall würden Kinder, die sie später bekommen mochte, defektes Erbgut übernehmen, in späteren Generationen unerträglich viele Ungeheuer und Mißgeburten hervorbringen und damit die Rasse verseuchen.

Natürlich verstand sie das. Sie konnte sich kaum an eine Zeit erinnern, wo ihr das nicht klargewesen wäre. Jahre? Jahrhunderte? An einem Ort, wo die Zeit ohne Ende war, machte das nicht viel Unterschied.

Nach beendeter Lektion lächelte ihr Mann und wurde beinahe fröhlich.

»Weil du jetzt ein Kind bekommst, ist das alles wieder in den Hintergrund getreten. Weißt du, Effie, daß ich eine sehr gute Nachricht für dich hatte, als ich hereinkam? Ich soll Mitglied des Unterausschusses werden. Das wird heute beim Bankett bekanntgegeben.« Er winkte bei ihrem gemurmelten Glückwunsch ab. »Also mach dich zurecht und zieh dein bestes Kleid an. Die anderen Junioren sollen sehen, was für eine hübsche Frau das neue Mitglied hat.« Er machte eine Pause. »Also, rühr dich!«

Sie sagte stockend, ohne ihn anzusehen: »Es tut mir schrecklich leid, Hank, aber du mußt allein gehen. Ich fühle mich nicht wohl.«

Er richtete sich empört auf.

»Jetzt fängst du schon wieder an! Zuerst die infantile, unentschuldbare Geschichte mit den Läden, und jetzt das! Überhaupt kein Gefühl für meinen Ruf. Mach dich nicht lächerlich, Effie. Du kommst mit!«

»Furchtbar leid«, wiederholte sie blindlings, »aber ich kann wirklich nicht. Ich würde nur krank werden. Du könntest nicht stolz auf mich sein.«

»Gewiß nicht«, erwiderte er scharf. »Ich muß ohnehin die halbe Zeit herumlaufen und Ausreden für dich erfinden – warum du so seltsam bist, warum du immer leidend zu sein scheinst, warum du immer dumm und eingebildet bist und dauernd das Falsche sagst. Aber der heutige Abend ist wirklich wichtig, Effie. Es wird ein Gerede geben, wenn die Frau des neuen Mitglieds nicht anwesend ist. Du weißt, wie schnell auch nur eine Andeutung von Krankheit die alten Strahlungsseuchengerüchte auslöst. Du mußt mitkommen!«

Sie schüttelte hilflos den Kopf.

»Himmel noch mal, los jetzt!« schrie er und ging auf sie los. »Das ist doch nur eine dumme Laune. Die vergeht, wenn du ausgehst. Dir fehlt doch überhaupt nichts.« Er legte die Hand auf ihre Schulter, um sie herumzudrehen, und bei seiner Berührung wurde ihr Gesicht plötzlich so grau und verzweifelt, daß er einen Augenblick lang wider Willen erschrak.

»Wirklich?« fragte er beinahe besorgt.

Sie nickte elend.

»Hmm!« Er trat zurück und ging unentschlossen hin und her. »Tja, natürlich, wenn es so ist ...« Er lächelte traurig. »Der Erfolg deines Ehemanns ist dir also nicht soviel wert, daß du dich einmal überwinden kannst, auch wenn du dich schlecht fühlst?«

Wieder das hilflose Kopfschütteln.

»Ich kann heute abend einfach nicht, unter keinen Umständen.« Und ihr Blick glitt verstohlen zu den Bleiläden.

Er wollte etwas sagen, als er die Richtung ihres Blicks bemerkte. Seine Brauen zuckten hoch. Sekundenlang starrte er sie ungläubig an, so, als sei ihm eine gänzlich neue und fast unfaßbare Möglichkeit eingefallen. Der ungläubige Ausdruck verschwand und wurde von einem härteren, berechnenderen ersetzt. Als er weitersprach, klang seine Stimme aber auffallend heiter und freundlich.

»Na, da kann man natürlich nichts machen, und ich möchte auch nicht, daß du gehst, wenn du nichts davon hast. Leg dich ruhig ins Bett und erhol dich. Ich laufe zum Männerschlafsaal hinüber und mache mich frisch. Nein, im Ernst, du brauchst dich wirklich nicht zu bemühen. Übrigens wird Jim Barnes auch nicht zum Bankett kommen können – er hat – ausgerechnet – eine leichte Grippe, wie er mir sagte.« Er beobachtete sie scharf, als er den Namen des anderen Mannes aussprach, aber sie reagierte nicht darauf, schien nicht einmal richtig zuzuhören. »Ich bin ein bißchen scharf geworden, fürchte ich, Effie«, fuhr er zerknirscht fort. »Das tut mir leid. Ich war wegen meiner neuen Stellung aufgeregt, und das hat sich dann ausgewirkt. Egoistisch von mir. Leg dich gleich ins Bett und schau, daß du gesund wirst. Mach dir meinetwegen keine Sorgen. Ich weiß, du würdest mitgehen, wenn du könntest. Und ich weiß, daß du an mich denkst. Also, ich muß jetzt gehen.« Er ging auf sie zu, wie um sie zu umarmen, dann schien er es sich anders zu überlegen. Er drehte sich an der Tür um und sagte mit Betonung: »Du bist die nächsten vier Stunden völlig allein.« Er wartete auf ihr Nikken, dann eilte er hinaus.

Sie blieb stehen, bis seine Schritte verklangen. Dann richtete sie sich auf, ging zum Tisch, griff nach der Armbanduhr und schmetterte sie auf den Boden. Das Glas zersplitterte, das Gehäuse zerbrach, und irgend etwas machte *zinng!*

Sie stand schwer atmend da. Langsam spannten sich ihre schlaffen Züge und formten sich zum Ansatz eines Lächelns. Sie warf wieder einen Blick auf die Läden. Das Lächeln wurde stärker. Sie betastete ihre Haare, befeuchtete ihre Finger und fuhr damit am Haaransatz entlang und hinter die Ohren. Nachdem sie sich die Hände an der Schürze abgewischt hatte, nahm sie sie ab. Sie straffte ihr Kleid, hob mit einem kleinen Ruck den Kopf und trat schnell auf das Fenster zu.

Dann wurde ihr Gesicht wieder elend, ihr Gang schleppend.

Nein, es konnte nicht sein, und es würde nicht geschehen, dachte sie. Es war nur eine Illusion gewesen, ein alberner, romantischer Traum. Draußen konnte nichts am Leben sein. Schon seit zwei vollen Jahren nicht mehr.

Und wenn es doch etwas gab, würde es etwas ganz Entsetzliches sein. Aber noch während sie das dachte, strichen ihre Finger über die Riegel, zogen sie vorsichtig heraus, und sie öffnete behutsam die Fensterläden.

Nein, draußen konnte es nichts geben, versicherte sie sich, als sie in die grüne Nacht hinausstarrte. Selbst ihre Ängste waren grundlos gewesen.

Aber das Gesicht schwebte herauf zum Fenster. Sie zuckte entsetzt zurück, nahm sich zusammen.

Das Gesicht war durchaus nicht schrecklich, nur sehr hager, mit vollen Lippen und großen Augen und einer schmalen, stolzen Nase wie der vorspringende Schnabel eines Vogels. Und keine Strahlungsgeschwüre oder -narben verunstalteten die Haut, die im weichen Mondlicht olivfarben wirkte. Es sah genau so aus wie beim erstenmal.

Einen langen Augenblick starrte das Gesicht tief, ganz tief in ihr Gehirn. Dann lächelten die vollen Lippen, und eine halb geballte Faust mit dünnen Fingern tauchte aus der grünen Dunkelheit auf und klopfte zweimal an die schmutzige Scheibe.

Mit klopfendem Herzen drehte sie wild an der kleinen Kurbel, mit der das Fenster geöffnet werden konnte. Es löste sich mit einer kleinen Explosion von Staub und einem *zinng!* wie bei der Uhr vom Rahmen, nur lauter. Einen Augenblick später öffnete es sich weit, und ein Schwall unfaßbar frischer Luft streichelte ihr Gesicht und das Innere ihrer Nase, brannte mit unerwarteten Tränen in ihren Augen.

Der Mann draußen balancierte auf dem Fensterbrett, zusammengekauert wie ein Faun, einen Ellenbogen auf dem Knie. Er trug eine abgeschabte, enge Hose und einen alten Pullover.

»Tränen zur Begrüßung?« spottete er mit melodischer Stimme. »Oder sind sie nur für Gottes eigenen Atem, die Luft?«

Er schwang sich hinab auf den Boden, und jetzt konnte sie sehen, daß er hochgewachsen war. Er drehte sich um, schnalzte mit den Fingern und rief: »Komm, Miez.«

Eine schwarze Katze mit krummen Schwanzstumpf und Beinen wie kleine Boxhandschuhe und Ohren, die fast so groß waren wie die eines Hasen, tauchte ungeschickt hüpfend auf. Er hob sie herunter und streichelte sie. Dann nickte er Effie vertraut zu, ließ einen kleinen Rucksack von den Schultern gleiten und legte ihn auf den Tisch.

Sie konnte sich nicht bewegen. Sogar das Atmen fiel ihr schwer.

»Das Fenster«, stieß sie endlich hervor.

Er sah sie fragend an, sah, wohin sie mit dem Finger deutete. Ohne Hast ging er hin und schloß es lässig.

»Die Läden auch«, sagte sie, aber er achtete nicht darauf und schaute sich um.

»Behaglich habt ihr es hier, du und dein Mann«, meinte er. »Oder ist das eine Stadt der freien Liebe oder ein Haremsort oder nur ein Militärposten?« Er hob die Hand, bevor sie antwortete. »Aber reden wir jetzt nicht von solchen Dingen. Ich werde bald für uns beide zu Tode erschrecken. Lieber den Kitzel der Begegnung genießen, der stets mindestens für zwanzig

Minuten gut ist.« Er lächelte sie eher schüchtern an. »Hast du zu essen? Gut, dann bring es.«

Sie setzte ihm kalten Braten und kostbares Büchsenbrot vor und stellte Wasser für den Kaffee auf. Bevor er darüber herfiel, zerfaserte er ein Stück Fleisch und legte es auf den Boden für die Katze, die miauend herbeilief. Dann begann er zu essen, kaute jeden Bissen gründlich und genußreich.

Effie beobachtete ihn, sog jede seiner geschickten Bewegungen in sich hinein, jeden rätselhaften Wechsel des Ausdrucks. Sie kümmerte sich um den Kaffee, aber das dauerte nur einen Augenblick. Schließlich konnte sie nicht mehr an sich halten.

»Wie ist es da oben?« fragte sie atemlos. »Draußen, meine ich.«

Er sah sie geraume Zeit merkwürdig an. Schließlich sagte er tonlos: »Ach, es ist gewiß ein Wunderland, erstaunlicher, als ihr Gruftleute euch das je vorstellen könnt. Ein wahres Märchenland.« Und er aß hastig weiter.

»Nein, im Ernst«, drängte sie.

Er sah ihren Eifer und lächelte. Seine Augen füllten sich mit verspielter Zärtlichkeit.

»Im Ernst, ich schwöre es«, versicherte er ihr. »Ihr glaubt, die Bomben und der Staub hätten nur Tod und Häßlichkeit geschaffen. Das war zu Anfang so. Aber dann verwandelten sie, wie die Ärzte es vorausgesagt haben, das Leben in den Samen und Lenden derjenigen, die mutig genug waren, zu bleiben. Wunder erblühten und bewegten sich.« Er brach plötzlich ab und fragte: »Wagt sich von euch jemand hinaus?«

»Ein paar von den Männern dürfen es«, sagte sie, »für kurze Ausflüge in besonderen Schutzanzügen, um nach Dosennahrung und Brennstoff und Batterien oder Ähnlichem zu suchen.«

»Ja, und diese Maulwürfe mit den blinden Seelen sehen nie etwas anderes als das, was sie suchen«, sagte er und nickte bitter. »Sie sehen nie den Garten, wo ein Dutzend Knospen erblüht, wo früher eine war, wo die Blüten Blätter von einem Meter Länge haben, mit stachellosen Bienen, groß wie Spatzen, am Nektar saugend. Hauskatzen, gefleckt und riesengroß wie Leoparden – nicht Zwerge wie Joe Louis hier – laufen durch diese Gärten. Aber sie sind sanfte Tiere, nicht gefährlicher als die regenbogenfarbenen Schlangen, die vor ihnen herumkriechen, denn der Staub hat ihnen die Mordlust ausgebrannt, als er sich selbst versengte. O ja, und die Drosseln wie Kakadus und Eichhörnchen wie der Hermelin einer Prinzessin! Alles unter einer Schatztruhe von Sonne und Mond und Sternen, die das Zauberpulver des Staubs vom Rubin zum Smaragd, zum Saphir, zum Amethyst und wieder zurück verwandelt. Oh, und dann die neuen Kinder –«

»Sagst du die Wahrheit?« unterbrach sie ihn, die Augen voller Tränen. »Du erfindest das nicht?«

»Ich erfinde es nicht«, versicherte er ernsthaft. »Und wenn du eines von den neuen Kindern sehen könntest, würdest du nie mehr an mir zweifeln. Sie haben lange Glieder, so braun, wie dieser Kaffee wäre, wenn man viel frische Sahne hineingießen würde, und lächelnde, zarte Gesichter und die weißesten Zähne und das glatteste Haar. Sie sind so gewandt, daß ich – ein gelenkiger Mann, vom Staub etwas beflügelt – mir neben ihnen wie ein Krüppel vorkomme. Und ihre Gedanken tanzen wie Flammen, daß ich mir vorkomme wie ein Schwachsinniger.

Natürlich haben sie an jeder Hand sieben Finger und an jedem Fuß acht Zehen, aber darum sind sie nur um so schöner. Sie haben lange, spitze Ohren, durchschienen von der Sonne. Sie spielen den ganzen Tag im Garten, huschen zwischen den großen Blättern und Blüten dahin, aber sie sind so schnell, daß man sie kaum sieht, wenn nicht einer stehenbleibt und dich betrachtet. Man muß überhaupt ein bißchen Ausschau halten nach den Dingen, die ich dir erzähle.«

»Aber ist es wahr?« flehte sie.

»Jedes Wort«, sagte er und sah ihr in die Augen. Er legte das Besteck weg. »Wie heißt du?« fragte er leise. »Ich heiße Patrick.«

»Effie«, sagte sie.

Er schüttelte den Kopf.

»Das kann nicht sein«, sagte er. Dann hellte sich sein Gesicht auf. »Euphemia«, rief er. »Davon ist Effie die Abkürzung. Du heißt Euphemia.« Als er das sagte und sie ansah, kam sie sich plötzlich schön vor. Er stand auf, ging um den Tisch herum und streckte die Hand nach ihr aus. »Euphemia –« begann er.

»Ja?« antwortete sie heiser und wich ein wenig zurück, sah aber seitwärts zu ihm auf, mit rotem Gesicht.

»Keine Bewegung, ihr beiden«, sagte Hank.

Die Stimme klang dünn und nasal, weil Hank einen Atemfilter trug, gerade lang genug, um an einen Elefantenrüssel denken zu lassen. In der Rechten hatte er eine große, blauschwarze Pistole.

Sie drehten ihm die Gesichter zu. Patrick wirkte plötzlich wachsam und verschlagen. Aber Effie lächelte noch immer zärtlich, als könne Hank den Zauber des Wundergartens nicht zerstören und sei zu bedauern, weil er nichts davon ahnte.

»Du kleine –« begann Hank mit beinahe freudiger Wut und gab ihr ein paar schändliche Namen. Er sprach in kurzen Sätzen und preßte immer wieder die Lippen zusammen, wenn er durch den Atemfilter Luft einsog. Seine Stimme wurde kreischend. »Und nicht mit einem Mann aus der Gemeinschaft, sondern mit einem Paria! Mit einem *Paria!«*

»Ich weiß zwar nicht recht, was Sie meinen, Mann, aber Sie irren sich gewaltig«, warf Patrick hastig und beschwichtigend ein. »Ich bin nur zufällig heute hungrig vorbeigekommen, ein einsamer Landstreicher, und habe ans Fenster geklopft. Ihre Frau war ein bißchen unklug und in ihrer Gutmütigkeit –«

»Glaub nicht, daß du mich hinters Licht geführt hast, Effie«, fuhr Hank mit schrillem Lachen fort, ohne den anderen auch nur zu beachten. »Glaub nicht, ich wüßte nicht, warum du plötzlich nach vier langen Jahren ein Kind bekommst.«

In diesem Augenblick strich die Katze an seinen Füßen vorbei. Patrick beobachtete ihn scharf und verlegte sein Gewicht ein wenig nach vorn, aber Hank gab dem Tier nur einen Tritt, ohne den Blick von ihr abzuwenden.

»Sogar die Geschichte, daß du die Armbanduhr in der Schürze getragen hast, statt an deinem Arm«, fuhr er mit beherrschter Hysterie fort. »Eine hübsche Tarnung, Effie. Sehr hübsch. Und mir zu sagen, es sei mein Kind, während du monatelang mit ihm zusammen warst!«

»Mann, Sie sind verrückt. Ich habe sie nicht angerührt!« fuhr Patrick auf und riskierte einen Schritt nach vorn, blieb aber sofort stehen, als die Waffe sich auf ihn richtete.

»So zu tun, als wolltest du mir ein gesundes Kind schenken«, tobte Hank, »während du die ganze Zeit gewußt hast, daß es entweder selbst oder im Keimplasma ein Ding wie *das da* sein würde!« Er wies mit der Pistole auf die mißgestaltete Katze, die auf den Tisch gesprungen war und die Reste von Patricks Essen verschlang, obwohl ihre grünen, wachsamen Augen auf Hank gerichtet bleiben.

»Ich sollte ihn niederschießen!« brüllte Hank zwischen schluchzenden Atemzügen durch den Atemfilter. »Ich sollte ihn auf der Stelle umlegen, als den verseuchten Paria, der er ist!«

Die ganze Zeit hatte Effie nicht aufgehört, mitleidsvoll zu lächeln. Nun stand sie auf und trat ohne Hast zu Patrick. Ohne seinen warnenden, ängstlichen Blick zu beachten, legte sie den Arm um ihn und sah ihren Mann an.

»Dann würdest du den Überbringer der besten Nachricht töten, die wir je gehört haben«, sagte sie, und ihre Stimme war wie eine Flut warmen, süßen Dufts in diesem muffigen, haßgeladenen Raum. »Ach, Hank, vergiß deine alberne, unsinnige Eifersucht und hör mir zu. Patrick hat uns etwas Wunderbares zu sagen.«

Hank glotzte sie an. Diesmal kreischte er keine Antwort. Es war deutlich, daß er zum erstenmal sah, wie schön sie geworden war, und diese Erkenntnis erschütterte ihn zutiefst.

»Was meinst du damit?« fragte er schließlich mit schwankender, beinahe furchtsamer Stimme.

»Ich meine, daß wir den Staub nicht mehr zu fürchten brauchen«, sagte sie mit strahlendem Lächeln. »Er hat die Leute niemals so geschädigt, wie die Ärzte behaupteten. Weißt du noch, wie es bei mir war, Hank, als ich ihm ausgesetzt war und mich erholte, obwohl die Ärzte zuerst meinten, ich würde es nicht schaffen – und nicht einmal meine Haare habe ich verloren? Hank, diejenigen, die so mutig waren, draußen zu bleiben, die nicht von Entsetzen und Suggestion und Panik getötet worden sind – sie haben sich angepaßt. Sie haben sich verändert, aber zum Guten. Alles –«

»Effie, er hat dich belogen!« unterbrach Hank sie, aber noch immer mit der erregten, brüchigen Stimme, betäubt von ihrer Schönheit.

»Alles, das wuchs oder sich bewegte, wurde gereinigt«, fuhr sie mit klingender Stimme fort. »Ihr Männer, die ihr hinausgeht, habt das nie gesehen, weil ihr keine Augen dafür hattet. Ihr seid blind für die Schönheit, für das Leben selbst gewesen. Und jetzt ist die ganze Macht im Staub dahin und erstorben, sie hat sich selbst verbrannt. Das ist wahr, ja?« Sie lächelte Patrick um eine Bestätigung an. Sein Gesicht war seltsam verschleiert. Es mochte sein, daß er ein wenig genickt hatte; jedenfalls nahm Effie das an, denn sie wandte sich wieder ihrem Mann zu.

»Siehst du nun, Hank? Wir können alle hinaus. Wir brauchen uns vor dem Staub nie mehr zu fürchten. Patrick ist der lebendige Beweis dafür«, erklärte sie triumphierend. »Schau ihn dir an. Keine Narbe, kein Zeichen, und er war seit Jahren draußen im Staub. Wie könnte er so sein, wenn der Staub die Mutigen schädigt? Ach, glaub mir doch, Hank! Glaub, was du siehst. Prüf es, wenn du willst. Prüf Patrick!«

»Effie, du bist ganz durcheinander. Du weißt nicht –« Hank stockte.

»Prüf ihn doch«, wiederholte Effie zuversichtlich, ohne Patricks warnenden Rippenstoß zu beachten oder auch nur wahrzunehmen.

»Also gut«, murmelte Hank. Er sah den Fremden dumpf an. »Kannst du zählen?«

Patricks Gesicht war ein vollkommenes Rätsel. Dann sprach er plötzlich, und seine Stimme war wie die Klinge eines Fechters – leicht, spielerisch, flink, wach, aber immer auf Deckung bedacht.

»Ob ich zählen kann? Halten Sie mich für einen Trottel, Mann? Natürlich kann ich zählen!«

»Dann zähl dich«, sagte Hank und wies kurz auf den Tisch.

»Zählen soll ich mich?« gab der andere mit einem spöttischen Lachen zurück. »Sind wir im Kindergarten? Aber wenn Sie es verlangen, bin ich bereit dazu.« Seine Stimme wurde schneller. »Ich habe zwei Arme und zwei Beine, das ergibt vier. Und zehn Finger und zehn Zehen – nehmen Sie mir das ab? – das sind vierundzwanzig. Einen Kopf, fünfundzwanzig. Und zwei Augen, eine Nase, einen Mund –«

»Damit, meine ich«, sagte Hank schwerfällig, ging zum Tisch, griff nach dem Geigerzähler, schaltete ihn ein und reichte ihn dem anderen über den Tisch.

Aber während er noch auf Armeslänge von Patrick entfernt war, beschleunigte sich das Ticken, bis es wie das Rattern eines Zwergen-Maschinengewehrs klang. Schlagartig wurde das Tikken langsamer, aber nur, weil das Gerät auf eine andere Skala umgeschaltet hatte, bei der jedes Ticken für 512 der vorherigen Zähltakte stand.

Mit diesen gräßlichen, ratternden kleinen Salven stürzte die Angst in den Raum und erfüllte ihn, zerschmetterte wie farbiges Glas all die bunten Barrieren aus Worten, die Effie dagegen errichtet hatte. Denn kein Traum kommt gegen den Geigerzähler auf, diesen Verkünder der letzten Wahrheit im 20. Jahrhundert. Es war, als hätten der Staub und alle Schrecken des Staubes sich in einer einzigen furchtbaren Form verkörpert, die mit lauteren Worten als hörbare Sprache sagte: ›Jenes waren Illusionen, ein Pfeifen im Dunkel. Das ist die Wirklichkeit, die triste, gnadenlose Wirklichkeit der Maulwurfsjahre.‹

Hank huschte an die Wand zurück. Mit klappernden Zähnen stieß er hervor: »... genug Radioaktivität ... tausend Menschen töten ... Mißgeburt ... eine Mißgeburt ...« In seiner Erregung vergaß er für einen Augenblick, durch den Nasenfilter zu atmen.

Selbst Effie wich vor der skeletthaften Gestalt neben ihr zurück und blieb nur aus Verzweiflung bei ihr.

Patrick tat es für sie. Er löste sich von ihrem Arm und trat beiseite. Dann fuhr er herum, lächelte ironisch und wollte etwas sagen, blickte statt dessen aber angeekelt auf den ratternden Geigerzähler zwischen seinem Daumen und Zeigefinger.

»Haben wir uns den Krach lange genug angehört?« fragte er. Ohne eine Antwort abzuwarten, stellte er das Gerät auf den

Tisch. Die Katze lief neugierig darauf zu, und das Knattern begann von neuem. Effie stürzte nach vorn, schaltete den Zähler ab, huschte zurück.

»Richtig«, sagte Patrick mit kaltem Lächeln. »Ihr tut gut daran, euch zu winden, denn ich bin der Tod persönlich. Selbst im Tod könnte ich euch töten, wie eine Schlange.« Und damit nahm seine Stimme den Tonfall eines Zirkusausrufers an. »Ja, ich bin eine Mißgeburt, wie der Herr soeben ganz richtig sagte. Das hat mir ein Arzt, der es wagte, eine Minute mit mir zu sprechen, erklärt, bevor er mich hinauswarf. Er konnte mir nicht sagen, weshalb, aber aus irgendeinem Grund bringt mich der Staub nicht um. Weil ich eine Mißgeburt bin, seht ihr, genau wie die Männer, die Nägel verschlungen haben, durchs Feuer gegangen sind, die Arsen aßen und sich mit Nadeln durchbohrten. Treten Sie näher, meine Damen und Herren – aber nicht zu nah! – und besichtigen Sie den Mann, dem der Staub nichts anhaben kann. Rappacinis Kind, auf die Höhe der Zeit gebracht; seine Umarmung, der Tod!

Und jetzt«, sagte er schweratmend, »verschwinde ich und überlasse euch eurer verdammten Bleihöhle.« Er ging auf das Fenster zu. Hanks Pistolenmündung folgte ihm schwankend.

»Warte!« rief Effie gequält. Er gehorchte. Sie fuhr stockend fort: »Als wir vorhin allein waren, hast du nicht so getan, als –«

»Als wir vorhin allein waren, wollte ich, was ich wollte«, fauchte er sie an. »Du hältst mich doch wohl nicht für einen gottverdammten Heiligen, oder?«

»Und all das Schöne, das du mir erzählt hast?«

»Das«, sagte er grausam, »ist nur eine Masche, von der ich weiß, daß sie auf Frauen wirkt. Sie sind alle so gelangweilt, so hungrig nach Schönheit – wie *sie* es gewöhnlich ausdrücken.«

»Selbst der Garten?« Ihre Stimme war durch das Schluchzen, das sie zu ersticken drohte, kaum hörbar.

Er sah sie an, und vielleicht wurde sein Gesicht ein klein wenig weicher.

»Was draußen ist«, sagte er tonlos, »ist noch ein wenig schlimmer als das, was ihr euch vorstellen könnt.« Er klopfte an seine Schläfe. »Der Garten ist nur hier.«

»Du hast es umgebracht«, schluchzte sie. »Du hast es getötet in mir. Ihr habt beide alles getötet, was schön ist. Aber du bist schlimmer«, schrie sie Patrick an. »Er hat die Schönheit nur einmal getötet, aber du hast sie ins Leben zurückgerufen, nur, damit du sie wieder vernichten kannst. Oh, ich halte das nicht aus! Ich halte es nicht aus!« Und sie begann zu schreien.

Patrick ging auf sie zu, aber sie verstummte, wandte sich blitzschnell von ihm ab zum Fenster, mit irrem Blick.

»Du hast uns angelogen«, schrie sie. »Der Garten ist da. Ich weiß es. Aber du willst ihn mit keinem teilen.«

»Nein, nein, Euphemia«, widersprach Patrick besorgt. »Da draußen ist die Hölle, glaub mir. Ich würde dich nicht anlügen.«

»Nicht anlügen!« höhnte sie. »Hast du auch Angst?«

Sie riß plötzlich das Fenster auf und stand vor dem leeren grüngetönten Rechteck Dunkelheit, das wie ein drohender schwerer, windgedrängter Vorhang ins Zimmer hineinzudrükken schien.

Hank schrie erschrocken und flehend auf: »Effie!«

Sie beachtete ihn nicht.

»Ich kann nicht länger eingesperrt sein«, sagte sie. »Und ich will es auch nicht mehr, seit ich Bescheid weiß. Ich gehe zum Garten.«

Die beiden Männer sprangen auf sie zu, aber sie kamen zu spät. Sie sprang leichtfüßig auf das Fensterbrett, und bis sie sich auf sie stürzten, verklangen ihre Schritte schon in der Dunkelheit.

»Effie, komm zurück! Komm zurück!« schrie ihr Hank verzweifelt nach, ohne vor dem Mann neben sich zurückzuweichen oder an seine Pistole zu denken. »Ich liebe dich, Effie. Komm zurück!«

»Komm zurück, Euphemia«, rief Patrick ihr nach. »Dir passiert nichts, wenn du sofort zurückkommst. Komm zurück in dein Heim.«

Keine Antwort.

Sie starrten beide angestrengt in die grünliche Düsternis. Sie konnten gerade eine schattenhafte Gestalt auf halbem Weg durch die fast schwarze Schlucht der tristen, staubbedeckten Straße wahrnehmen, in die das grünliche Mondlicht kaum hineinreichte. Es kam ihnen so vor, als raffe die Gestalt etwas vom Pflaster auf und lasse es über ihre Arme und die Brust rieseln.

»Laufen Sie hinaus und holen Sie sie, Mann«, drängte Patrick. »Denn wenn ich hinausgehe, bringe ich sie nicht zurück. Das sage ich Ihnen gleich. Sie hat davon gesprochen, daß sie den Staub besser ertragen hat als die meisten, und das genügt mir.«

Aber Hank, gefesselt von seinen mühsam erlernten Gewohnheiten und noch von etwas anderem, konnte sich nicht bewegen.

Dann flüsterte eine geisterhafte Stimme durch die Straße: »Das Feuer kann mir wehtun, das Wasser auch, und das Gewicht der Erde. Aber der Staub ist mein Freund.«

Patrick gönnte dem anderen noch einen Blick, dann sprang er stumm hinaus und lief davon.

Hank stand da. Nach etwa einer halben Minute fiel ihm ein, daß er den Mund schließen mußte, wenn er einatmete. Endlich war er überzeugt davon, daß die Straße leer war. Als er das Fenster schließen wollte, hörte er ein leises Miauen.

Er hob die Katze hoch und ließ sie vorsichtig hinaus. Dann schloß er das Fenster und die Läden und verriegelte sie, griff nach dem Geigerzähler und begann mechanisch zu zählen.

Macbeth und Queen Elizabeth

Ich tauchte durch den dünnen Vorhang in die andere Hälfte der Garderobe, und da saß Sid am Schminktisch des Stars in seinem alten gelben Unterhemd, das Glück brachte, noch nicht beim Schminken, sondern mit strengem Blick in den von Glühbirnen eingerahmten Spiegel, übte ein paar Fratzen, wie Schauspieler es tun, und knetete die Stoppeln an seinem dicken Kinn.

»Siddy, was spielen wir denn heute?« fragte ich ruhig. »Maxwell Andersons ›Elizabeth the Queen‹ oder Shakespeares ›Macbeth‹? Auf dem Plakat steht Macbeth, aber Miss Nefer macht sich für Elizabeth fertig? Ich habe ihr eben die rote Perücke bringen müssen.«

Er probierte ein paar Brauenschwünge aus – rechts, links, beide zusammen – wandte sich mir zu, zog den Bauch ein wenig ein, wie immer, wenn eine Frau in seine Nähe kommt, und sagte: »Verzeiht, süßes Wesen, was sagtet Ihr?«

Sid gebraucht diese verrückte alte Sprache immer hinter der Bühne, bis ich mich manchmal frage, ob ich im letzten Viertel des zwanzigsten Jahrhunderts im Central Park von New York City oder fünfzehnhundertebensoviel in Southwark, Merry England, bin. Es liegt daran, daß er zwar jede dicke Rolle bei Shakespeare liebt und selbst die magerste mit treuer und feuriger Zuneigung spielt, aber der Meinung ist, Willy S. hätte die Rolle des Falstaff einzig und allein im Hinblick auf Sidney J. Lessingham geschrieben.

Ich schloß die Augen und zählte bis acht, dann wiederholte ich die Frage.

»Na, die tragische Geschichte des blutigen Schotten, gewißlich«, erwiderte er. Seine Hand wies auf das Bild Shakespeares, das immer auf seinem Ersatz-Schminkkasten neben dem Spiegel steht.

Er erkundigte sich nicht danach, warum ich nicht Miss Nefer meine Frage gestellt hatte. Alle in der Truppe wissen, daß sie die letzte Stunde vor der Vorstellung damit verbringt, sich in die Rolle hineinzuverwandeln, daß sie die Lippen zu keinem anderen Zweck öffnet und einem den Kopf abreißt, wenn man auch nur versucht, das Notwendigste mit ihr zu besprechen.

»Aye, 's ist ›Macbeth‹ heute«, bestätigte Sid und übte weiter: linke Braue hoch, rechte herunter, umgekehrt, wiederholen, ausruhen. »Und ich muß den unglücklichen Thane von Glamis spielen.«

»Ist ja fein, Siddy«, sagte ich, »aber was machen wir mit Miss Nefer? Sie hat schon dünne Augenbrauen und eine Hakennase für Queen Liz, weiter ist sie allerdings noch nicht gekommen. Wunderbar, diese Nase. Jeder andere möchte meinen, es sei eine Operation statt Wachs. Aber bei Lady Macbeth wird das recht seltsam aussehen.«

Sid zögerte eine halbe Sekunde länger als sonst, dann räusperte er sich und sagte: »Na, Iris Nefer, angetan als die gute Queen Bess, wird einen Prolog zum Stück sprechen – einen Prolog, den ich selbst erst vergang'ne Woche verfaßt.« Er machte Eulenaugen. »'s ist ein Experiment im neuen Theater.«

»Siddy«, sagte ich, »Prologe waren für Shakespeare nichts Neues. Er hatte sie bei jedem zweiten Stück. Außerdem ergibt das keinen Sinn, Königin Elizabeth zu verwenden. Sie war tot, als er ›Macbeth‹ schrieb, bei dem es nur um Hexenkunst geht und der gegen König James gerichtet war.«

Er knurrte mich ein bißchen an und sagte: »Ich bitt' Euch, woher kommt es, daß Euer Spatzenhirn mit soviel Bücherwissen vollgestopft?«

»Siddy«, sagte ich leise, »man steht nicht ein ganzes Jahr in einer Shakespeare-Garderobe und unterhält sich mit guten Schauspielern, ohne was zu lernen. Klar bin ich eine Verrückte, eine arme kleine A & A, die von eurer Güte lebt, und dafür bin ich dankbar, aber –«

»A *und* A, sagt Ihr?« meinte er stirnrunzelnd. »Mich deucht, die frohen neuen Verneiner von Wein und Ale nennen sich AA.«

»Agoraphobin und Amnesistin«, sagte ich. »Nein, schau, Siddy, ich wollte sagen, daß ich die Stücke wirklich kenne.

Königin Elizabeth einen Prolog zu ›Macbeth‹ sprechen zu lassen, ist genau so ein Anachronismus, wie sie an die Kanzel des britischen Mondraumschiffs zu stellen, damit sie eine Flasche Champagner zerschlägt.«

»Ha!« rief er, als habe er mich ertappt. »Und wenn es eine neue Elizabeth gibt, wär das nicht die stolzeste Ankündigung für das Imperium? Vielleicht Pilot, Ko-Pilot und Astrogator umgetauft in Drake, Hawkins und Raleigh? Und das Schiff ›Die Goldene Hirschkuh‹? Nun, edle Dame?« Er fuhr fort: »Mein Prolog ein Anachronismus, ha! Der große Haufen erkennt nichts davon. Glaubt Ihr, mit stinkender Rakete und zerteiltem Atom sei Weisheit über die Menschen gekommen? Mehr noch, der Barde selbst war angefüllt mit Anachronismen. Lear gab er eine Brille, ließ Uhren schlagen in Cäsars Rom, begrub diesen Römer, statt ihn zu verbrennen, und der Tschechoslowakei verlieh er eine Meeresküste. Geht, Weib.«

»Der Tschechoslowakei, Siddy?«

»Nun, Böhmen denn, was tut's? Verlaßt mich jetzt, Ihr zart' Geschöpf. Geht Eurer Wege. 's gibt Wicht'ges zu bedenken.«

Martin war eben vorbeigeschlurft, um die letzte halbe Stunde anzusagen, und sah mit Tennisschuhen, Jeans und schmutzigem Trikot eher wie ein Landstreicher aus als Sids neueste Erwerbung, Hilfsinspizient und ausgebeutetster Jugendlicher – obwohl er sich zur Abwechslung einmal rasiert hatte. Ich wollte Sid fragen, wer Lady Mac spielen sollte, wenn nicht Miss Nefer, oder ob sie zwei Rollen übernehmen würde und ich ihr dann beim Umziehen helfen mußte, aber ich sah, daß Siddy schon Creme auflegte, damit die Schminke nicht in seine Poren drang.

Greta, du fragst zuviel, sagte ich mir. Du regst alle auf und zermarterst dir dein armes kleines Hirn – und ich verfügte mich zum Fundus, um meine Nerven zu beruhigen.

Der Fundus, am hinteren Ende der Garderoben, ist genau der richtige Platz dafür. Da gibt es die regulären Kostüme für die Shakespeare-Stücke, mit Schmuck und Spangen und Brokat, Bühnenrüstung, große römische Togas mit beschwertem Saum, damit sie richtig fallen, Samt von jeder Farbe, an den man das Gesicht legen und träumen kann, und die phantastischen Kostüme für die anderen Stücke, die wir bevorzugen: Ibsens ›Peer Gynt‹, Shaws ›Zurück zu Methusalem‹ und Hilliards Bearbeitung von Heinleins ›Die Kinder Methusalems‹, das ›Insektenvolk‹ der Gebrüder Capek, O'Neills ›Die Quelle‹, Fleckers ›Hassan‹, ›Camino Real‹, ›Kinder des Mondes‹? ›Die Bettleroper‹, ›Mary of Scotland‹, ›Berkeley Square‹, ›Die Straße nach Rom‹.

Da sind auch die Kostüme für die ganzen Sondervorstellungen, die wir geben: ›Hamlet‹ in Straßenkleidung, ›Julius Cäsar‹ in einer Diktatur der zwanziger Jahre, ›Der Widerspenstigen Zähmung‹ in Neandertaler-Fellen und Leopardenhäuten, wo Petruccio auf einem Dinosaurier hereingeritten kommt, ›Der Sturm‹, auf einem anderen Planeten spielend, mit einem Raumschiffabsturz zu Beginn.

Ach, ich sage Ihnen, der Fundus umfaßt eine solche Weite von Raum und Zeit, daß man manchmal Angst bekommt, man könnte hochgerissen und irgendwohin gewirbelt werden, so daß man sich an etwas ganz Realem festhalten muß, damit das nicht geschieht – so wie ich jetzt an der U-Bahn-Marke an der dünnen Goldkette um meinen Hals – Siddys erstes Geschenk an mich – während ich leise vor mich hinsang: »Columbus Circle, Times Square, Penn Station, Christopher Street . . .« und die Augen schloß.

Aber richtige Angst bekommt man im Fundus nicht. Nicht wirklich, auch wenn man eine angenehme Gänsehaut bekommt und sich ab und zu ein kalter Klumpen im Magen bildet – denn man weiß, daß alles nur gespielt ist, eine lebensgroße Puppenwelt, eine Kinder-Maskerade. Man denkt an ferne Zeiten und Szenen als *vergnügliche* Dinge und nicht als schwarze, hungrige Mäuler, die einen verschlingen könnten. Es ist immer sicher, immer *nur auf dem Theater, nur auf der Bühne,* egal, wie weit es auszugreifen scheint . . . und die beste Therapie für ein durchlöchertes Gemüt wie das meine, das sich an nichts vor diesem letzten Jahr in den Garderoben erinnern, das nie seinen zitternden Leib aus diesem mütterlich-väterlichen Raum schieben kann, außer für ein, zwei Szenen in den Kulissen zu stehen und das Stück zu verfolgen, bis die Angst zu groß und der Drang, nur einen Blick auf das *Publikum* zu werfen, zu stark wird ... und ich weiß noch, was die beiden letzten Male passierte, als ich es wirklich tat, und ich muß zurückhuschen.

Der Fundus ist auch eine gute Beschäftigungstherapie für mich, wie meine zerstochenen und beschwielten Fingerspitzen bezeugen. In den vergangenen zwölf Monaten muß ich die Hälfte der Kostüme ausgebessert und geflickt haben, obwohl es so viele sind, daß ich schwören möchte, die Schubläden haben Faltbälge, und die Gestelle erstrecken sich in die vierte Dimension – nicht zu reden von den Schachteln mit Requisiten, den Regalen mit Skripten und Souffleurkopien und anderen Büchern, einschließlich ein paar Enzyklopädien und den vielen dicken Bänden von Furness ›Variorum Shakespeare‹, die ich studiert hatte. Ach, und ich habe auch genug Kostüme gereinigt und gebügelt und sie sogar für Neulinge wie Martin umgearbeitet.

In einer weniger schlampig organisierten Truppe würde man mich wohl die Kostümmeisterin nennen. Alle Leute im Schaugeschäft denken dabei aber an eine schrullige und herrische alte Dame mit ein paar Scheren um den Hals. Schrullig bin ich zwar auch, aber nicht so alt. Eher kindlich. Was die Autorität angeht, ist mir jeder über, sogar Martin.

Ich will nicht behaupten, daß unsere Truppe völlig schwachsinnig ist. Um so nah an den Broadway heranzukommen, wie es der Central Park ist, braucht man schon etwas. Aber trotz Sids geschwungener Peitsche geht es recht locker zu – die Leute tauschen die Rollen ohne Krach, das Stück wird manchmal erst eine halbe Stunde vor Beginn der Vorstellung ausgewechselt, ohne daß jemand hysterisch wird, niemand fliegt, weil er Knoblauch gegessen hat und der Hauptdarstellerin ins Gesicht atmet. Kurz gesagt, wir sind eine Gemeinschaft. Was eigentlich komisch ist, wenn man es bedenkt, weil Sid und Miss Nefer und Bruce und Maudie aus England kommen – Miss Nefer mit einer Spur von eurasischem Blut, stelle ich mir vor, Martin und Beau und ich Amerikaner sind – bei mir nehme ich es jedenfalls an – und die anderen von überallher kommen.

Außer meiner Arbeit im Fundus mache ich Gänge und helfe den Schauspielern beim Ankleiden. Ab und zu machen Martin und ich überall sauber.

Ja, der Fundus ist ein guter Ort, um die Nerven zu beruhigen oder sich zu bilden oder sogar sein Leben zu verträumen. Aber diesmal konnte ich noch keine acht Minuten dortgewesen sein, als Miss Nefers mit Elizabeth-zorniger Stimme rief: »Mädel! Mädel! Greta, wo ist meine Halskrause?« Ich fand sie sofort und sprang.

Sie war fertig geschminkt, jedenfalls im Gesicht – ich sehe die unheimliche, schwach sichtbare Tätowierung mit den acht Speichen auf ihrer Stirn sehr ungern.

Ja, sie war schon fertig. Diesmal vertiefte sie sich ganz besonders in ihre Rolle, das merkte ich sofort. Sie gab mir ein Zeichen, ihr beim Ankleiden zu helfen, ohne mich auch nur anzusehen, aber als ich mich an die Arbeit machte, blickte ich auf ihre Augen. Sie waren so kalt und traurig und einsam, daß mir unheimlich wurde. Dann begann sie zu murmeln und zu seufzen, zuerst ganz leise, dann so laut, daß ich es verstand.

»Kalt, so kalt«, sagte sie und starrte ins Leere. »Selbst ein Galopp erhitzt mir kaum das Blut. Nie gab's 'nen Januar wie den – obgleich kein Schnee fällt. Nicht Schnee will kommen, keine Tränen. Und doch versengt's mein Hirn mit dem Gedanken an Marys Todesurteil, das noch nicht unterschrieben. Das ist die Höll' für mich – vielleicht ins Unglück stürzen jede künft'ge Königin oder eine Bresche für den Spanier und den Papst, wie Würmer sich zu bohren in den süßen Apfel Englands. Philips hohe, schwarze Schiffe wie Festungen im Süden aufgefahren – gleich hohen Burgen, auf dem Marsch ins Meer. Parma in den Niederlanden! Und meine klugen jungen Herrchen vergeuden meinen Schatz, als wär' es so viel Wasser.«

Und ich dachte: Das wird aber ein Riesenprolog. Und wie du dann wieder Lady Mac sein willst, begreif' ich überhaupt nicht. Greta, wenn es das braucht nur für eine Nebenrolle, dann gib deinen Ehrgeiz, eine Statistenrolle zu übernehmen, sobald deine Nerven heil sind, lieber auf.

Sie berührte mich nämlich wirklich mit ihrer Darstellung. Es war, als hätte ich mich draußen in den Park gesetzt und den Präsidenten mit sich selber über die Aussichten auf einen Krieg mit Rußland sprechen hören, um zu bemerken, daß er auf der Bank hinter mir sitzt. Sie sah so echt aus, muß man wissen – auch ohne die rote Perücke. Und das Alter. Miss Nefer kann nicht viel älter als vierzig sein, aber jetzt wirkte sie mindestens ein Dutzend Jahre älter.

Das mit dem Alter faszinierte mich so, daß ich eine Frage riskierte.

»Wie alt, ich meine, wie jung, mögen Eure Majestät sein?« sagte ich.

Es war ein Wunder, daß sie nicht herumfuhr und mir eine Ohrfeige gab; statt dessen stieg sie noch tiefer in die Rolle.

»Vierundfünfzig Winter«, erwiderte sie düster. »'s ist Januarius im Jahr Unseres Herrn Eintausendfünfhundertsiebenundachtzig. Ich sitze frierend in Greenwich und starre auf den Tisch, wo Marys Todesurteil meine Unterschrift erwartet. Schicke ich sie zum Block, dann öffne ich die Türen in die Zukunft zu wen'ger hohen Königsmorden. Verdamme ich sie nicht, kommt Philips Armada in einem Jahr durch den Kanal, und meine englischen Katholiken, nur an Mary Regina denkend, werden sich erheben, am Ende bleibt dem Spanier alles. Die ganze Geschichte würde sich verwandeln. Das darf nicht sein, und wenn man mich dafür verdammt! Und doch ... und doch ...«

Eine dunkelblaue Fliege summte um ihren Kopf, aber sie zuckte nicht mit der Wimper.

»Ich sitze kalt in Greenwich und verliere den Verstand. Jeden Nachmittag reite ich aus und bete um ein Mißgeschick, eine Wundertat, damit die blut'ge Frage für eine Zeit mir aus dem Sinn geht.«

Ich hatte sie fertig geschnürt und trat zurück. Sie sah wirklich Elizabeth so ähnlich, wie Gheeraerts sie gemalt hat, und ihr Gesicht war eine so blasse, erstarrte Maske von Elizabeths inneren Qualen, daß ich dachte: Ich muß nochmals mit Siddy reden, er hat einen großen Fehler gemacht, Miss Nefer kann heute niemals in Macbeth spielen.

Ich wollte mich sogar dazu ermannen, ihr eine direkte Frage darüber zu stellen, als Martin vorbeikam und die letzte Viertelstunde ansagte. Er wirkte so albern, daß ich mindestens acht Sekunden lang nicht an Miss Nefer dachte.

Er war bis zu den Hüften nackt und hatte sich die paar Härchen an der Brust abrasiert und trug eine schwarze Perücke, die an seinen Schultern vorne in zwei langen, schweren Flechten mit Silberspangen und -nadeln herabhing. Er sah aus wie ein Indianer, überlegte mir, was für Indianerstücke wir spielten, und kam nur auf ›Die Quelle‹.

Ich sah ihn fragend an und wedelte mit den Händen, aber er wehrte mit einem geheimnisvollen Lächeln ab und ging rückwärts durch den Vorhang hinaus. Das kann keiner erklären außer Siddy, dachte ich, und folgte Martin.

Es roch nach Schminke und Männern. Mehrere Männer zogen sich an oder aus, und Bruce fluchte, weil er sich beim Herausdrehen einer Glühbirne die Finger verbrannt hatte.

Augen hatte ich aber nur für Sid. Als ich ihn sah, riß ich sie weit auf. Greta, sagte ich mir, du wirst Martin zum nächsten Drugstore schicken müssen, damit er die Augentropfen besorgt.

Sid war geschminkt und trug seinen langen Schnurrbart und die Macbeth-Perücke – und sein Korsett. Statt des schwarzen Kilts und der schweißgetränkten Lederrüstung trug er – so wahr ich Greta heiße – eine rote Strumpfhose mit goldenen Flitterstreifen, ein grünes Wams mit goldener Paspelierung, und dazu eine Halskrause, und außerdem wollte er noch einen silbernen Harnisch anziehen, der vielleicht sehr gut zu einem Schweizer Gardisten des Papstes gepaßt hätte. Ich dachte: Willy S. müßte eigentlich aus seinem Bild steigen und dir eins auf die Birne dafür geben, daß du sein vielleicht größtes und gewiß atmosphärisch genialstes Stück so verunstaltest, Siddy.

Er bemerkte mich in diesem Augenblick und zischte anklagend: »Da seid Ihr, lock'res Wesen! Eilt Euch und helft mir, dieses Ding da anzulegen!«

»Siddy, was soll denn das alles?« fragte ich, während meine Hände automatisch gehorchten. »Spielt ihr Macbeth zum Lachen, und nur der Pförtner soll eine ernste Figur sein? Hältst du dich für Red Skelton?«

»Welch' blödes Gefasle soll das sein, Ihr tolles Ding?« gab er zurück und knurrte, als der Harnisch seinen Brustkorb zusammenquetschte.

»Die Clownkostüme bei euch Männern«, unterbrach ich, denn jetzt fiel mir auf, daß auch die anderen kunterbunt gekleidet waren, Bruce mit gelber Strumpfhose und violettem Wams, Banquos Bart stutzend. »Nur Riesentupfen habe ich noch nicht gesehen, aber das kommt gewiß noch.«

Siddy grinste plötzlich breit und lachte laut, ächzte aber, als ich den Harnisch enger schnallte.

»Wahrscheinlich, Ihr seid noch mein Tod, hübscher Witzling. Habe ich Euch nicht gesagt, daß diese Vorstellung ein Experiment ist, eine Neuheit? Wir zeigen Macbeth nur, wie er am Hof von König James gespielt worden sein könnte. In den Kostümen jener Zeit, aber bunter, wie es damals Mode war. Halt, Täubchen, ich hab' etwas für Euch.« Er griff unter sein Wams und drückte mir eine Silberminiatur des Empire State Building in die Hand, und eine neue Kennedy-Münze.

Während ich die Dinge bewunderte, dachte ich: Na, da hat Siddy recht, ich habe jedenfalls gelesen, daß man sich damals so kostümiert hat, auch wenn ich nicht begreife, wie Shakespeare das aushalten konnte. Aber es war gemein von den anderen, daß sie mir vorher nichts davon gesagt haben.

So ist das eben. Manchmal nehmen sie mich auch ganz schön auf den Arm, aber ich kann mich trotzdem nicht beklagen. Ich lächelte Sid an, stellte mich auf die Zehenspitzen und küßte ihn auf die Wange. Dann ließ ich das Lächeln sein und sagte: »Okay, Siddy, spiel Macbeth als Kleinen Lord Fauntleroy oder Baby Snooks, wenn du willst. Ich beklage mich nicht mehr. Aber der Prolog von Elizabeth ist trotzdem ein Anachronismus. Und – was ich noch sagen wollte, Siddy, Miss Nefer bereitet sich nicht auf einen bescheidenen Prolog vor. Sie spielt die ganze Nacht Queen Elizabeth und morgen früh auch noch. Was du auch meinst, sie glaubt nicht, daß wir ›Macbeth‹ spielen. Aber wer spielt die Lady Mac, wenn nicht sie? Und Martin zieht sich nicht für den Malcolm an, sondern für den Sohn des Letzten Mohikaners, würde ich sagen. Außerdem –«

Nun, irgend etwas mußte Sid geärgert haben, denn seine Stimmung schlug plötzlich wieder um.

»Haltet Euer Maul, Weib, und macht Euch fort!« fauchte er mich an. »Der Vorhang geht gleich auf, und Ihr belästigt mich mit Euren törichten Fragen wie die arme verwirrte Ophelia. Schert Euch fort, sag ich!«

»Ja, Sir«, sagte ich leise und huschte zur Bühnentür, hörte Martin aber rufen: »Ach, Greta –«

Er trug eine schwarze Trikothose und zog ein vertrautes Kostüm an, dunkelgrün, bestickt mit Silber und nachgemachten Rubinen. Er hatte sich ein zusammengefaltetes Handtuch um die Brust gebunden, wohl um einen Busen vorzutäuschen.

Er fuhr in die Ärmel hinein und drehte mir den Rücken zu, damit ich das Kleid schließen sollte.

Dann fiel es mir ein. In Shakespeares Zeit hat es keine Schauspielerinnen gegeben, man nahm Jungen. Und das dunkelgrüne Kleid war mir so vertraut, weil –

»Martin«, sagte ich, mit den Haken beschäftigt – Miss Nefers Kostüm paßte ihm gut. »Du spielst –?«

»Lady Macbeth, ja«, ergänzte er. »Wünsch mir Mut, Greta. Sonst scheint niemand zu glauben, daß ich ihn brauche.«

Ich gab ihm halbherzig einen Stoß ins Gesäß. Als ich die letzten Haken schloß, glitt mein Blick über seine Schultern, und ich sah unsere Gesichter nebeneinander im Spiegel. Obwohl er mindestens acht Jahre jünger war als ich, und als Frau gekleidet, wirkte er klug, ausgeglichen, unendlich einfallsreich, sehr, sehr real, während ich wie ein verwirrtes und unfertiges Kindergespenst aussah, das im Begriff war, sich in Luft aufzulösen.

»Ach, übrigens Greta«, sagte er, »ich habe ein Exemplar von der ›Village Times‹ für dich mitgebracht, mit einer Kurzkritik von unserer ›Maß für Maß‹-Aufführung, aber leider ohne Namen. Muß hier irgendwo liegen –«

Aber ich eilte schon weiter. Gewiß, es war logisch genug, daß Martin Mrs. Macbeth in einer Aufführung spielte, die sich an die Gewohnheiten in Shakespeares Zeit anlehnte, und das beantwortete auch alle meine Fragen, selbst die, warum Miss Nefer sich heute ganz in Elizabeth vertiefen konnte. Aber es hieß, daß mir von dem, was rings um mich vorging, so viel entging, daß mir angst und bange wurde. Es mußte Proben gegeben haben, immer wieder Proben, vor allem für Martin.

Du meine Güte, die verheimlichen dir etwas, dachte ich.

Vielleicht gab es eine fünfundzwanzigste Stunde, von der mir noch niemand etwas gesagt hatte, in der sie alles trieben, wovon sie mir nichts verraten wollten.

Vielleicht waren es Dinge, die sie mir wegen meiner Schwäche im Oberstübchen nicht zu sagen wagten.

Ich spürte einen kalten Luftzug und fröstelte und sah, daß ich an der Bühnentür stand.

Ich muß erläutern, daß unsere Bühne etwas ausgefallen ist, weil sie auf zwei Seiten bespielt werden kann, mit Pausenvorhang, Kulissen und Beleuchtung für beide Seiten drehbar. Links, wenn man zur Garderobentür hinausschaut, ist ein Freilufttheater, oder vielmehr ein freier Platz für Zuschauer – ein ansteigender Hang, umgeben von hohen Bäumen, und mit Bänken für über zweitausend Personen. Auf dieser Seite geht die Bühne praktisch ins Gras über, und man kann mit einem grünen Bodentuch den Eindruck erwecken, als sei sie ein Teil davon.

Auf der rechten Seite steht ein großes, überdachtes Auditorium mit noch einmal soviel Plätzen.

Das Ganze hat sich aus den kostenlosen Sommeraufführungen von Shakespeare-Stücken im Central Park entwickelt, die schon in den fünfziger Jahren begannen.

Die Janus-Bühne erlaubt es, daß das Publikum bei schönem Wetter im Freien sitzt, und wenn es regnet oder kalt wird, oder wenn man den ganzen Winter ohne Pause durchspielen will, wie wir, kann man die Zuschauer im Auditorium unterbringen. In diesem Fall ist man durch eine lange Faltwand vom Freien abgeschlossen, und der Wind kann nicht in den Prospekt hineinblasen.

Heute abend war die Bühne aufs Freie hin offen.

Ich zögerte, wie immer, an der Bühnentür – obwohl nicht die eigentliche Bühne vor mir lag, sondern nur die Hinterbühne, die Seitenkulisse. Ich muß nämlich immer gegen das Gefühl ankämpfen, daß die Welt, wenn ich zur Garderobentür hinausgehe, und wären es nur acht Schritte, sich verändern wird, wenn ich draußen bin, und daß ich dann nie mehr zurückkann. Es wird nicht mehr New York City sein, sondern Chikago oder der Mars oder Algier oder Atlanta oder Atlantis oder die Hölle, und ich kann nie mehr in den herrlichen, warmen Schoß mit den lustigen Jungen und Mädchen und den Kostümen zurück, die alle nach Herbstlaub riechen.

Oder, vor allem, wenn ein kalter Wind weht, fürchte ich, daß *ich* mich verwandle, daß ich mit acht Schritten alt und runzlig werde oder zum verständnislosen Klumpen eines Säuglings zusammenschrumpfe oder ganz vergesse, wer ich bin –

– oder daß ich, fiel mir zum erstenmal ein, mich daran erinnere, wer ich bin. Was noch schlimmer sein könnte.

Vielleicht habe ich davor Angst.

Ich trat einen Schritt zurück. Mir fiel etwas Neues neben der Tür auf: ein hochbeiniges Stutzklavier. Dann sah ich, daß die Beine zu einem Tisch gehörten. Das Klavier war nur ein Kasten mit gelben Tasten. Spinett? Cembalo?

»Achtung, noch fünf Minuten«, rief Martin hinter mir.

Ich nahm mich zusammen. Greta, sagte ich mir – auch zum erstenmal – du weißt, daß du dich dem eines Tages wirklich stellen mußt, und zwar nicht nur für einen kurzen Sprung hinaus und wieder zurück. Fang lieber an zu üben.

Ich trat durch die Tür.

Beau und Doc waren schon draußen, geschminkt und kostümiert als Ross und König Duncan. Sie sahen heimlich an den Kulissen vorbei hinaus aufs Publikum. Oder auf den Platz, wo das Publikum sich zu versammeln hätte – manchmal nehmen uns die Kinos und die Stripvorstellungen und die Hippie-Veranstaltungen die Zuschauer ganz weg. Ihre Kostüme waren so farbenprächtig wie die der anderen. Doc trug eine Robe mit nachgemachtem Hermelin und eine hohe Krone aus goldgestrichenem Papiermaché. Beau hatte eine zerfetzte schwarze Robe mit Kapuze über dem Arm – er spielt auch die Erste Hexe.

Als ich lautlos hinter sie trat, hörte ich Beau sagen: »Ich sehe rauhes Volk von der Stadt herkommen. Ich hoffte, von denen würde niemand auftauchen. Wie konnten sie uns finden?«

Mein lieber Mann, dachte ich, woher sollen sie denn sonst kommen als aus der Stadt? Auf drei Seiten ist der Central Park von Manhattan umgeben, auf der vierten von der Eight Avenue-U-Bahn. Soll er doch froh sein, wenn uns jemand sehen will.

»Was macht das?« erwiderte Doc. »Wenn wir sie nicht überzeugen, überzeugen wir niemand.«

Vielleicht teilt Doc meine Zweifel über einen plausiblen Macbeth in bunten Hosen, dachte ich.

Immer noch unbemerkt, schaute ich zwischen ihnen hindurch und erlebte den ersten Schock.

Es war gar nicht Nacht, sondern Nachmittag. Ein dunkler, kalter Nachmittag, gewiß, aber doch Nachmittag.

Sicher, zwischen den Vorstellungen vergesse ich manchmal, ob Tag oder Nacht ist, weil ich nie hinausgehe, aber Matineevorstellungen und Abendaufführungen zu verwechseln, ist eine andere Sache.

Es kam mir auch so vor, als sei die ansteigende Lichtung kleiner als sonst, als wären die Bäume näher herangerückt, und Bänke konnte ich auch keine sehen. Das war der zweite Schock.

Beau schaute auf sein Handgelenk und sagte besorgt: »Möchte wissen, was die Königin aufhält.«

Er weiß also auch über den albernen Prolog Bescheid, dachte ich. Na klar. Nur mich weihen sie nicht ein. Aber er müßte eigentlich wissen, daß Miss Nefer immer als letzte auf die Bühne kommt, auch wenn sie das Stück eröffnet.

Und dann glaubte ich, durch die Bäume das ferne Getrappel von Pferden und die Töne eines Horns zu hören.

Nun wird ja im Central Park auch geritten, und man hört

Autohupen, aber so wild trappeln die Hufe nicht. Und so viele Leute reiten auch nicht auf einmal. Und keine Hupe, die ich je gehört habe, bringt dieses schöne *ta-ta-ta-TA* hervor.

Ich muß wohl aufgequietscht haben, weil Beau und Doc schnell herumfuhren und mir den Blick versperrten, mit halb zornigen, halb sorgenvollen Gesichtern.

Ich fuhr auch herum und lief zur Garderobe, weil ich spürte, daß sich einer meiner Anfälle ankündigte. In der letzten Sekunde war es mir so vorgekommen, als verdünne sich der Schauplatz, kaum mehr als dünne Bäume und Gebüsch, und über mir sei kein Theaterdach, sondern grauer Himmel. Schock Drei, und du scheidest aus, Greta, rief mein Schiedsrichter.

Ich hetzte durch die Tür, und dort waberte nichts, dort verschwamm nichts, Pan sei Dank. Nur Martin stand mit dem Rücken zu mir, das Soufflierbuch in der rechten Hand, in der linken lange, schwarze Stoffstreifen – er spielte also auch, wie immer, die Zweite Hexe. Und er zischte: »Auf die Plätze, bitte. Auf die Bühne!«

Miss Nefer kam an ihm vorbeigerauscht, zur Abwechslung einmal als erste. Sie trug jetzt die rote Perücke. Ich trat zur Seite.

Sie blieb neben dem neuen Ding an der Tür stehen und legte die langen, schmalen Finger auf die vergilbten Tasten. Plötzlich fiel mir ein, wie es hieß: Virginal.

Sie starrte es böse an, ihre Finger bewegten sich, und die Saiten im Virginal begannen zu schwirren und zu tönen, mit der schrillen Melodie von Griegs ›In der Halle des Bergkönigs‹.

Als dann Sid und Bruce und Martin an mir vorbeihetzten, mit einer schwarzen Gestalt – Maud schon als Dritte Hexe kostümiert – lief ich zu meiner Schlafkammer, wie Peer Gynt selbst aus der Höhle des Trollkönigs, der nur winzige Schnitte in seine Augäpfel machen wollte, damit er in Zukunft die Wirklichkeit ein klein bißchen anders sehe. Und als ich lief, schrillte mir der Groß-Anachronismus dieser drohenden, irren Marschmusik in den Ohren.

*

Meine Schlafkammer ist nur ein Feldbett am hinteren Ende der Frauengarderobe, mit einem dreiteiligen Wandschirm.

Wenn ich schlafe, hänge ich meine Überkleidung auf den Wandschirm, der mit allem beklebt und besteckt ist, was mir Sicherheit gibt: Theaterprogramme und Restaurant-Speisekarten aus New York, Zeitungsausschnitte aus der ›Times‹ und dem ›Mirror‹, ein Foto mit Autogramm von Willy Mays, dem Baseballkönig. Und dergleichen mehr.

Ich überblickte alles und flehte die Dinge an, mir Sicherheit zu geben, als ich mich angezogen auf das Feldbett legte, die Knie hochgezogen, die Hände auf den Ohren, damit die lauteren Zeilen des Stücks mich nicht erreichen konnten. Gewöhnlich höre ich gerne zu, aber angespannt bin ich dabei immer. Und heute abend – ich meine, heute nachmittag – nein!

Seltsam, daß ich Sicherheit in den Andenken an eine Stadt fand, in die ich mich hinauswagte – nein, nicht einmal zu einem Spaziergang durch den Central Park. Aber so ist das nun einmal. Vielleicht bin ich wie Jonas im Wal, der zögerte, sich hinauszuwagen, weil der Wal ein gräßliches Ungeheuer ist, den anzusehen Furcht erregt, und der einen beim zweiten Verschlingen wirklich etwas antun könnte, aber doch beruhigt, zu wissen, daß man im Bauch dieses Ungeheuers lebt und nicht in einem siebzehnten Fühler vom fünften Planeten des Aldebaran.

Es ist wirklich so, daß ich in der Garderobe wohne. Die Männer bringen mir das Essen: Kaffee in Pappzylindern, und Krapfen in kleinen Papiertüten, Malzbier und Hamburger und Äpfel und kleine Pizzas, und Maud bringt mir rohes Gemüse – Karotten und Rüben und kleine Zwiebeln und dergleichen, und paßt auf, daß ich das auch esse und zu meinen Vitaminen komme. Im kleinen Waschraum mache ich mich sauber. Und wenn ich schlafe, dann auf dem kleinen Feldbett.

Man möchte meinen, ich hätte schreckliche Angst, so allein in der Garderobe während der frühen Morgenstunden, aber so ist das nicht. Zum einen schläft meistens noch jemand dort. Maudie, vor allem. Und in dieser Zeit nähe ich am liebsten an den Kostümen oder lese im ›Variorum‹ und anderen Büchern oder träume vor mich hin. Die Garderobe ist nämlich der einzige

Ort, wo ich mich wirklich sicher fühle. Was immer das sein mag, das mich draußen in New York so schreckt, ich bin ziemlich sicher, daß es hier nie hereinkommt.

Außerdem gibt es an der Tür einen großen Innenriegel, den ich vorschiebe sobald ich allein bin. Am nächsten Tag drückt man auf den Summer, damit ich wieder öffne.

Zuerst machte ich mir Sorgen und sagte zu Sid: »Aber was ist, wenn ich so tief schlafe, daß ich nichts höre, und ihr müßt dringend hinein?« und er hatte erwidert: »Süße Maid, ein Wort in Euer Ohr: unser Beauregard Lassiter ist der geschickteste Einbrecher seit Jimmy Valentine und Jimmy Dale. Ich will nicht fragen, woher er diese Künste weiß, aber 's ist Wahrheit.«

Und Beau hatte das mit einer höflichen Verbeugung bestätigt und gemurmelt: »Zu Euren Diensten, Miss Greta.«

Ich weiß nicht, wie sie es machen, daß ein Polizist oder Parkaufseher nicht auf mich aufmerksam wird und Krach schlägt. Vielleicht regt Sid sich nur noch ein wenig mehr auf, um Fremde aus der Garderobe fernzuhalten. Wahrscheinlich zahlt er aber irgendeinem Menschen etwas. Ich habe den Eindruck, daß die Truppe etwas riskiert, wenn sie mich bei sich behält – daß die Direktoren unseres Theaters nicht erfreut wären, wenn sie von mir erfahren würden.

Die Schauspieler sind alle so nett zu mir und helfen, wo sie können, daß ich manchmal glaube, ich muß mit einem von ihnen verwandt sein. Oder vielleicht war ich sogar Schauspielerin. Die unwichtigste. Mit den winzigsten Rollen wie Lucius in ›Julius Cäsar‹ oder Bianca in ›Othello‹.

Aber was immer ich in dieser Richtung sein mag – wenn ich überhaupt etwas bin – nicht einer der Schauspieler hat mir ein Wort davon erzählt oder irgendeine Andeutung gemacht.

Ich vermute, daß sie sich vor einem Jahr zusammengesetzt und über mich beraten haben, wobei sie zu dem Schluß kamen, meine besten Aussichten auf eine Heilung oder ein halbwegs erträgliches Dasein wären gegeben, wenn ich in der Garderobe bleiben dürfte, statt heimgeschickt zu werden oder in eine Heilanstalt zu kommen. Und dann müssen sie eingebildet genug gewesen sein – und so interessiert an mir – daß sie mit einem Programm anfingen, bei dem die meisten Psychiater aufgeschrien hätten.

Einmal hatte ich zu Sid sogar gesagt: »Siddy, sollte ich nicht zu einem Arzt gehen?«

Er hatte mich ein paar Sekunden ernst angesehen und dann erwidert: »Klar, warum nicht? Geh doch gleich zu Doc«, und er hatte auf Doc Pjeskow gezeigt. Das tat ich dann sogar. Doc erklärte mir Krapelins Einteilung der Psychosen und murmelte nebenbei, in ein, zwei Jahren werde er ein Paradebeispiel für das Korsakow-Syndrom sein, während er mein Handgelenk streichelte.

Sie sind alle sehr nett zu mir gewesen, auf ihre seltsame Weise. Nicht einer hat versucht, die Situation auszunützen und mir etwas abzuverlangen, außer daß ich einen Knopf anzunähen, Schuhe zu putzen oder eine Waschschüssel zu reinigen hatte. Nicht einer von den Männern machte mir Avancen, die ich nicht selbst zumindest herausforderte. Und als ich ganz arg in Sid verknallt war, wies er mich ab, indem er höflich wurde – wie er es nur bei Fremden tut. Aus Enttäuschung landete ich bei Beau, der mich wie ein Gentleman behandelte.

All das für ein dummes kleines Ding, den jeder außer einer Truppe sentimentaler Schauspieler ohne einen weiteren Gedanken in die Heilanstalt geschickt hätte. Denn, um widerlich realistisch zu werden, meine plausibelste Theorie über mich ist die, daß ich ein theaterbesessenes Mädchen aus Iowa bin, die ihre jungen Jahre verfliegen sah und ihren Verstand dazu und nach Greenwich Village eilte und sich mit Shakespeare so verrückt machte, daß sie Nacht für Nacht hinging – Christopher Street, Penn Station, Times Square, Columbus Circle – sehen Sie? – und an der Bühnentür herumstand, so geduckt, aber mit staunendem Gesicht, daß die Schauspieler sie zu ihrem Talisman machten.

Und dann passierte etwas Übles mit ihr, entweder im Village oder in einer dunklen Ecke des Parks. Etwas so Schlimmes, daß sie durchdrehte. Und sie lief zu den einzigen Leuten, wo sie das Gefühl hatte, jemals wieder Sicherheit empfinden zu können.

Und sie zeigte ihnen, was ihr passiert war, und sie hatten Mitleid mit ihr.

Die am wenigsten plausible Theorie, die mir aber auch am besten gefällt, ist die, daß ich in der Garderobe geboren worden bin, die Ohren voll Shakespearscher Verse, bevor ich auch nur ›Mama‹ sagen konnte. Die irren Ängste, daß New York sich verwandeln und die Garderobe in Zeit und Raum versetzt werden könnte, wären nämlich gleich verschwunden, wenn ich die Gewißheit hätte, daß ich immer hierbleiben könnte, daß die Schauspieler immer bei mir sein und die Vorstellungen nie aufhören würden.

Diese Vorstellung hörte auch nicht auf, bemerkte ich plötzlich, denn ich hatte die Hände von den Ohren sinken lassen und hörte Maudie zum Klang einer Trommel sagen: »Trommeln – ha! Macbeth ist da.«

Na, ich hatte nicht nur Sids epochemachenden Prolog versäumt, sondern auch die kurze Hexenszene mit dem berühmten ›Schön ist häßlich – häßlich schön‹, die Szene mit dem blutenden Krieger, wo Duncan von Macbeths Sieg erfährt, und wir waren schon weit in der zweiten Hexenszene auf der Heide, wo Macbeth prophezeit wird, daß er nach Duncan König sein wird.

Ich setzte mich auf. Ich zögerte eine Minute, und meine Hände wollten zu den Ohren zurück, weil ›Macbeth‹ mich besonders aufregt. Vielleicht sollte ich lieber zwei Schlaftabletten nehmen, die Maudie für mich besorgt und – aber nein, Greta, sagte ich mir, du willst die Aufführung sehen, du willst sehen, wie sie in diesen verrückten Kostümen spielen. Vor allem willst du sehen, wie Martin sich hält. Er würde es dir nie verzeihen, wenn du das nicht tätest.

Ich ging also zum anderen Ende der Garderobe, berührte hier und dort die Kanten, und die Worte des Stücks wurden immer lauter. Bis ich zur Tür kam, sagte Bruce-Banquo zu den Hexen: »Wenn ihr durchschauen könnt die Saat der Zeit, und sagen: Dies Korn sproßt und jenes nicht –« jene Zeilen, die jedermanns Phantasie mit ihrer verschleierten Vision des Universums entzünden.

Die ganze Beleuchtung war ein wenig trüb, die Bühnenbeleuchtung flackernd, die Szenerie noch immer ein bißchen gespenstisch. Meine Anfälle sind oft schlimm! Aber ich konzentrierte mich auf die Schauspieler und beobachtete sie durch die Zugänge in den Kulissen. Sie waren solid genug.

Und sie spielten auch solid, wie ich feststellte. Niemand lachte über die bunten Kostüme. Nach einer Weile fand ich mich selbst damit ab.

Oh, es war ein anderer ›Macbeth‹, als unsere Truppe ihn sonst spielt. Lauter und schneller, mit kürzeren Pausen zwischen den Reden, die Blankverse manchmal fast gesungen. Aber es klang echt, und jeder strengte sich besonders an, vor allem Sid.

Die erste Szene mit Lady Macbeth kam. Ohne es richtig zu bemerken, trat ich vor zu der Stelle, wo ich meine drei Schocks erlitten hatte.

Die Thanin ging, wie immer, zur anderen Seite der Bühne, mit dem Gesicht etwas von mir abgewandt. Dann trat sie einen Schritt vor und blickte auf den Brief in ihrer Hand, begann zu lesen, obwohl auf dem Zettel gar nichts stand, und mir wurde mulmig, weil die Stimme, die ich hörte, Miss Nefer gehörte. Ach, verdammt, er hat versagt, dachte ich, oder Sid hat im letzten Augenblick entschieden, daß er ihm die Rolle doch nicht anvertrauen kann. Wer hat nur Miss Nefer rechtzeitig aus ihrem Kostüm geholt?

Dann drehte sie sich um, und ich sah, daß, nein, mein Gott, es *war* Martin, keine Täuschung möglich, er hatte ihre Stimme gebraucht. Wenn jemand eine Rolle zum ersten Mal spielt, neigt er dazu, den Schauspieler nachzuahmen, den er vorhin darin gesehen hat. Du bist großartig, dachte ich. Mach nur so weiter.

Dann schaute ich zum Publikum hinaus. Wieder hätte ich beinahe aufgeschrien. Denn dort draußen, vor der Bühne, mitten im reservierten Bereich, war ein Teppich ausgebreitet. Und darauf saß, auf einem kleinen Stuhl, neben sich zwei brennende Fackeln, Miss Nefer, umgeben von einer Reihe von Statisten mit elizabethanischen Hüten und Umhängen.

Eine Sekunde lang war ich außer mir, aber dann fiel mir ein, daß die Figuren, die Prologe sprechen, oft auf der Bühne bleiben und sich manchmal dem Publikum anschließen und sogar von Zeit zu Zeit etwas zum Stück sagen – Christopher Sly und sein Gefolge in ›Der Widerspenstigen Zähmung‹ etwa. Sid hatte das nur kopiert und übertrieb wie gewöhnlich.

Na, gratuliere, Siddy, dachte ich, die New Yorker Zuschauer werden begeistert sein, mit Queen Elizabeth und ihrem Hof zusammensitzen zu dürfen. Und Sie, Miss Nefer, Sie können ruhig kalt im Central Park sitzen, gewärmt von eisigem Rauch, wenn Sie nur den Mund halten. Ich bin wirklich froh, daß Sie die ganze Nacht hindurch Queen Elizabeth sein dürfen. Solange Sie Martin und den anderen nicht die Schau stehlen.

Der Klappstuhl wird ja wohl ein bißchen unbequem werden, bis der fünfte Akt kommt, aber Sie merken das ja kaum, so sehr sind Sie in Ihre Rolle geschlüpft.

Nur eines: Erschrecken Sie mich nicht mehr mit gespielter Hexenkunst – wie beim Virginal.

Okay?

Fein.

Ich sehe mir dafür jetzt das Stück an.

Ich wandte mich der Aufführung wieder zu, als Lady Mac sagte: »Kommt an die Weibesbrust, trinkt Galle statt der Milch, ihr Morddämonen!« Obwohl ich wußte, daß es nur ein Handtuch war, das Martin mit den Fingerspitzen berührte, war ich hingerissen, so echt sah es aus. Ich kam zu der Ansicht, daß Jungen besser Mädchen spielen können, als die Leute glauben. Vielleicht sollten sie es öfter tun, und umgekehrt.

Danach wurde das Stück immer besser; das schnelle Tempo und die übertriebene Mimik trugen dazu sogar noch bei. Bis die Dolchszene kam, grub ich die Fingernägel in die Handflächen. Das war gut, weil ich nicht wieder zum Publikum hinaussah. Mich stört Publikum, wie man gemerkt haben wird. Wenn ich es sehe, komme ich gleich auf merkwürdige Gedanken – und manchmal auch, wenn ich nicht hinsehe, so, wie jetzt, als ich glaubte, Pferde unruhig scharren und sogar einmal wiehern zu hören. Bester Buddha! dachte ich – Siddy kann doch für Nefer-

Elizabeth keine Pferde angemietet haben, auch wenn er im Grund seiner Seele ein Zirkusmensch ist. Soviel Geld haben wir gar nicht. Außerdem –

Aber dann ächzte Sid-Macbeth laut. Zum Glück hatte er den Harnisch abgelegt. Er sagte: »Ist das ein Dolch, was ich vor mir erblicke, der Griff mir zugekehrt?« und das Spiel hatte mich wieder in den Bann gezogen, und ich hatte keine Zeit, an etwas anderes zu denken oder anderes zu hören.

Ja, das Stück lief großartig. Die Dolchszene wirkte ungeheuer eindrucksvoll, wenn Duncan außerhalb der Bühne ermordet wird, und auch die Szene danach.

Aber an dieser Stelle fielen mir Dinge auf, die mir nicht behagten. Zweimal verspätete sich jemand mit dem Auftritt und stürmte dann urplötzlich herein. Und mindestens dreimal mußte Sid aushelfen, wenn jemand hängenblieb – Sid ist da besser als jeder Jongleur. Es sah so aus, als drohe das Stück zu entgleiten, vielleicht, weil das neue Tempo zu groß war.

Aber die Mordszene lief gut. Als alle von der Bühne stürmten, mit ihrem »Wohl, so sei's!« eilte ich mit einem Handtuch auf Sid zu. Er schwitzt in der Mordszene immer unmäßig. Ich wischte ihm den Nacken ab und schob das Handtuch unter sein Wams.

Inzwischen kramte er auf einem schmalen Tisch herum, auf den sie Requisiten und Kostüme für schnelles Umziehen legen. Plötzlich krallte er mir die Finger in die Schulter und schrie halblaut: »Und liebt Ihr mich, bringt Kronen schnell und Roben!«

Ich sauste wie der Blitz zum Fundus. Da waren Mr. und Mrs. Macs königliche Gewänder nebst Zubehör, wo sie hingehörten.

Ich riß sie an mich und dachte: Mensch, die haben einen Fehler gemacht, als sie mir nichts von der Sondervorstellung gesagt haben, und schon sauste ich wieder zurück.

Ich half Sid und Martin in ihre Kostüme, und während Bruce Banquo seinen leisen Monolog auf der Bühne sprach, hörte ich Miss Nefer sagen: »Ja, wahrhaftig, ein gutes Stück. Doch dünkt mir auch, ich weiß nicht wie – ich hätt' es schon gehört.« Worauf Sid Martin bei der Hand packte und zischte: »Hört auf? Oh, das gefällt mir nicht?« und ich dachte: Na, jetzt fängt sie schon an, zu improvisieren.

Sid und Martin begaben sich wieder auf die Bühne, und das Stück nahm seinen Fortgang. Trotz der Spannung, die sich sofort wieder einstellte, machten sich wieder Ungenauigkeiten und kleine Fehler bemerkbar, und auch etwas anderes störte mich, nämlich die vielen Doppelrollen.

›Macbeth‹ eignet sich dafür sehr gut. Jeder außer Macbeth oder Banquo kann beispielsweise eine der drei Hexen spielen, oder auch einen der drei Mörder. Bei dieser Aufführung übertrieb man es aber geradezu. Doc hatte seinen Duncan-Bart abgenommen und schlüpfte in die braune Kutte des Pförtners. Nun gut, aber Bruce übernahm gar den Part von Macduff, gebrauchte hierfür eine klingende Baritonstimme und trug in der Mordszene einen Helm, um seinen Banquo-Bart zu verstecken. Guter Gott, dachte ich, hat Sid alle anderen Schauspieler zu Elizabeth-Nefer hinausgeschickt, damit sie ihre Höflinge spielen? Er muß übergeschnappt sein!

Kurze Zeit später, als Sid seine Friedhofs-Betrachtungen anstellte, glaubte ich Miss Nefer sagen zu hören: »Dies hab' ich schon gehört, ich weiß nicht wo. Glaubt Ihr, es sei gestohlen?«

Greta, sagte ich mir, jetzt brauchst du bald ein Beruhigungsmittel, damit du nicht ganz verrückt wirst.

Ich drehte mich um, um mir eine Tablette zu holen und erstarrte.

Hinter mir, hin- und herschreitend wie ein wütender Tiger, mit zornigen Blicken auf das Publikum, ohne mich auch nur zu sehen, war Miss Nefer in ihrem Elizabeth-Kostüm.

Eigentlich hätte ich mir sagen sollen, daß sie aufgestanden und hinter die Bühne gegangen war, aber statt dessen dachte ich fröstelnd: »Wir haben zwei Elizabeths. Das da ist unsere Hexe Nefer. Ich weiß es. Ich habe sie angekleidet. Und ich kenne den bösen Blick vom Virginal. Aber wenn das unsere Elizabeth ist, die von der Truppe, von der Bühne – wer ist dann die andere?

Und weil ich nicht an die Antwort auf diese Frage zu denken wagte, huschte ich um Elizabeth herum und lief in die Garderobe, um mich hinter meinem Wandschirm zu verstecken.

Auf meinem Feldbett liegend, sah ich mir an, was auf dem Schirm klebte: einen Wimpel der Giants, eine Corvette-Anzeige, eine Karte vom Central Park, eine Eintrittskarte für Radio City. Diesmal beruhigte mich das nicht.

Die blaue Fliege kam über den Schirm gesummt, und ich fragte sie: »Was suchst du denn? Eine Spinne?«, als ich Miss Nefers Schritte in meine Richtung kommen hörte. Niemand geht so wie sie.

Sie tut dir etwas, Greta, dachte ich. Sie ist die Irre in der Truppe. Sie hat dich mit dem Fleischermesser im Gebüsch bedroht oder dir die Riesentarantel in den U-Bahn-Tunnel nachgeschickt, oder was es auch war, und die anderen decken sie. Sie wird teuflisch lächeln und die weißen, dürren Finger auf dich richten, alle. Und der Wald von Birnam kommt nach Dunsinan, und du wirst von Gerüsteten auf dem Scheiterhaufen verbrannt oder von achtbeinigen Affen gevierteilt, die reden können, oder von wilden Zentauren zerrissen oder durch das Dach zum Mond gewirbelt, ohne dafür angezogen zu sein, oder in die Vergangenheit hineingetrieben, um 1948 in Iowa oder 4008 v. Chr. in Ägypten zu ersticken. Der Schirm hält sie nicht auf.

Dann schob sich ein Haarschopf über den Schirm, aber er war schwarz mit Silber, Brahma sei Dank, und dann lächelte Martin mich an.

»Marty, tu' etwas für mich«, sagte ich. »Benütz nie mehr Miss Nefers Gang, ja? Ihre Stimme, gut, wenn es sein muß, aber nicht die Schritte. Frag' mich nicht, warum, tu's nicht mehr.«

Martin kam um den Schirm herum und setzte sich auf mein Feldbett. Er legte die Hand auf meine Füße.

»Fühlst du dich ein bißchen durcheinander, Greta?« fragte er. »Mach dir keine Sorgen um mich. Banquo ist tot, und sein Geist auch. Wir sind mit der Bankettszene fertig. Ich habe viel Zeit.«

Ich sah ihn merkwürdig an und fragte: »Martin, sag mir die Wahrheit. Bewegt sich die Garderobe?«

»Die Erde fegt mit zwanzig Meilen in der Sekunde um die Sonne, antwortete er, »und die Garderobe fliegt mit.«

Ich schüttelte den Kopf.

»Ich meine – daß sie sich verschiebt«, sagte ich. »Ganz von selbst.«

»Wie?« fragte er.

»Na ja, ich hatte den Gedanken, wenn man durch die Zeit reisen wollte, gäbe es kaum eine praktischere Maschine als eine Garderobe mit einer Art Bühne und dem halben Theater, bemannt von Schauspielern. Schauspieler passen überall hinein. Sie sind es gewöhnt, neue Rollen zu lernen und fremde Kostüme zu tragen. Sie reisen sogar sehr viel. Und wenn ein Schauspieler ein bißchen merkwürdig ist, denkt sich niemand etwas dabei – damit rechnet man sogar.

Und ein Theater – nun, ein Theater kann überall entstehen, kein Mensch stellt da Fragen, außer den Behörden, und mit denen kann man sich einigen. Theater kommen und gehen. Das geht die ganze Zeit so. Sie sind vergänglich. Theater sind aber auch Kreuzwege, anonyme Treffpunkte, und jeder kann hingehen, der ein paar Kröten in der Tasche hat, oder auch manchmal nichts. Und Theater ziehen wichtige Persönlichkeiten an, die Sorten von Leuten, mit denen man etwas anstellen möchte. Cäsar ist in einem Theater erstochen worden. Lincoln hat man in einem erschossen. Und –« Meine Stimme erstarb.

»Eine drollige Idee«, sagte er.

Ich griff nach seiner Hand und hielt mich an seinem Mittelfinger fest, wie ein Baby.

»Ja«, sagte ich. »Aber ist es wahr, Martin?«

»Was glaubst du?« fragte er ernsthaft.

Ich sagte nichts.

»Wie würde es dir gefallen, bei einer solchen Truppe zu arbeiten?« fragte er forschend.

»Das weiß ich nicht«, sagte ich.

Er richtete sich auf.

»Nun, Phantasien einmal beiseite, wie gefällt es dir bei dieser Truppe hier?« fragte er. »Möchtest du auf der Bühne stehen? Sid meint, du wärst so weit, daß du kleinere Rollen übernehmen kannst. Er hat mich sogar gebeten, mit dir darüber zu reden. Er glaubt, daß du ihn nie ernst nimmst.«

»Augenblick mal, ich muß erst zur Besinnung kommen«,

sagte ich. »Oh, Marty, ich kann mich nicht einmal in der winzigsten Rolle sehen.«

»Vor acht Monaten konnte ich das auch nicht«, gab er zurück. »Und siehe – Lady Macbeth.«

»Aber, Marty«, sagte ich und griff wieder nach seinem Finger, »du hast meine Frage nicht beantwortet. Ob es wahr ist.«

»Ach, das!« sagte er lachend. »Frag mich etwas anderes.«

»Na gut«, meinte ich, »warum klebe ich so an der Zahl Acht?«

»Acht ist eine Zahl mit vielen Eigenschaften«, erklärte er plötzlich so ernst, wie er meistens ist. »Die Ecken eines Würfels.« Er runzelte die Stirn. »Die seltsamste Eigenschaft der Acht ist aber, daß sie, auf der Seite liegend, für die Unendlichkeit steht. Die aufrechte Acht ist demnach – die auferstandene Unendlichkeit!« Sein Gesicht begann zu leuchten.

Na, ich weiß nicht. Beim Theater trifft man ziemlich viele Leute, die auf diesem Gebiet schrullige Ideen haben, aber von Martin hätte ich das nicht erwartet. Er war mir immer als der skeptische, zynische Typ vorgekommen.

»Mir ist ein anderer Gedanke zu Acht gekommen«, sagte ich zögernd. »Spinnen. Der achtbeinige Stern auf Miss Nefers Stern –« Ich unterdrückte ein Schaudern.

»Du magst sie nicht, wie?« sagte er.

»Ich habe Angst vor ihr.«

»Das solltest du nicht. Sie ist eine wirklich große Frau, und heute abend spielt sie eine unendlich schwierigere Rolle als ich. Nein Greta«, fuhr er fort, als ich etwas einwenden wollte, »glaub mir, du verstehst in diesem Augenblick gar nichts davon. So, wie du nichts von Spinnen verstehst, wenn du sie fürchtest. Sie sind die ersten, die an der Takelage hochklettern und an Land laufen. Sie sind die Netzeflechter, die Tauwerfer, die Verbinder, Shiwa und Kali, vereinigt in Liebe. Sie sind die Doppel-Mandala, der Anfang und das Ende, die Unendlichkeit, aufgeboten und auf dem Marsch –«

»Und auch auf meinem Wandschirm!« quietschte ich, zuckte ein bißchen zurück und deutete auf ein winziges, glänzendes

Ding in Schwarz und Silber, das unter meinem Mays-Autogramm hochkroch.

Martin fing den dünnen Faden mit dem Finger vorsichtig auf und führte die Spinne ganz nah an sein Gesicht.

»Und acht Augen dazu«, sagte er. »Armer, kleiner Gott.« Er brachte die Spinne an ihren Platz zurück.

»Marty? Marty?« zischte Sids verzweifeltes Bühnenflüstern durch die ganze Garderobe.

Martin stand auf.

»Ja, Sid?«

Sids Stimme blieb ein Flüstern, wurde aber böse.

»Du schurkischer Wicht! Weißt du nicht, daß die Kessel-Szene schon seit hundert Herzschlägen im Gange ist? Mein Auftritt steht bevor, und noch immer haben wir erst der Hexen zwei!«

Bevor Sid das noch zur Hälfte ausgesprochen hatte, war Martin um den Schirm gehuscht und durch die ganze Garderobe gerannt. Ich hörte ein kräftiges Klatschen, als er zur Tür hinauslief. Ich mußte grinsen.

Ich setzte mich an die Stelle, wo Martin gesessen war, und schob den Schirm so zurecht, daß ich durch die ganze Garderobe blicken konnte.

Ich hatte nachdenken wollen, aber statt dessen saß ich einfach da, erlebte meinen Körper und den Raum um mich herum. Meine Kopfschmerzen ließen nach. Mein Rücken richtete sich auf.

Niemand kam herein oder ging hinaus. In der Ferne hörte ich Macbeth und die Hexen und Erscheinungen reden.

Einmal blickte ich auf den geklebten Wandschirm, aber das ganze Zeug war wirkungslos geworden. Kein Schutz, nichts.

Ich griff in meinen Koffer und nahm statt der Beruhigungs- eine Aufputschpille, dann ging ich hinaus und fing an zu zittern.

Am Ende des Vorhangs ging ich zu Sids Schminktisch und fragte Shakespeare: »Mach' ich es richtig, Paps?« Aber er antwortete nicht.

Ich dachte an die winzige Spinne und bekam eine Gänsehaut.

Nun, das war nicht gut für mich, also ging ich schnell hinaus. In der Tür mußte ich um die Schauspieler herum, die von der Kessel-Szene zurückkamen, und rammte mit der Hüfte den großen Riegel.

Maud zog draußen ihr Hexenkostüm aus, darunter trug sie die Ausstattung von Lady Macduff. Sie grinste kurz.

»Wie geht es?« fragte ich.

»Okay, denke ich«, meinte sie achselzuckend. »Was für ein Publikum! Laut wie eine Schulklasse!«

»Wieso läßt Sid deine Rolle nicht auch von einem Mann spielen?«

»Hat er wohl übersehen. Aber ich habe mir den Busen flachgebunden und spiele Mrs. Macduff als Jungen.«

»Wie macht das ein Mädchen in einem Kleid?«

»Sie sitzt steif da und denkt an Hosen«, sagte sie und gab mir ihr Hexengewand. »Entschuldige. Ich muß meine Kinder suchen und mich ermorden lassen.«

Ich war ein paar Schritte näher an die Bühne herangekommen, als ich ein ganz schwaches Zerren an meiner Hüfte spürte. Ich schaute hinunter und sah, daß ein schwarzer Faden von meinem Pulloversaum mich mit der Garderobe verband. Er mußte am Riegel hängengeblieben sein. Ich bewegte den Körper ein wenig und zerrte vorsichtig am Faden, um zu sehen, wie sich das anfühlte, und ich bekam die Antwort: Theseus' Faden, ein Spinnenfaden, eine Nabelschnur.

Ich griff an mir hinunter und riß den Faden ab. Er sprang davon. Aber die Garderobentür verschwand nicht, noch verwandelten sich die Kulissen, noch endete die Welt, und ich stürzte nicht hin.

Danach stand ich eine Weile einfach da, fühlte meine neue Freiheit und Standfestigkeit und ließ meinen Körper sich daran gewöhnen. Ich dachte gar nichts. Ich achtete kaum auf meine Umgebung, nahm aber wahr, daß das flackernde Licht nur von Fackeln kam, und daß Queen Elizabeth im Publikum war – oder wieder war.

Und ich roch Pferdedung.

Als die Lady Macduff-Szene vorbei war und die Hühner-Szene begonnen hatte, kehrte ich in die Garderobe zurück. Schauspieler nennen sie die ›Hühner-Szene‹, weil Macduff um ›all die holden Küchlein, samt der Mutter‹ weint, womit seine Frau und seine Kinder gemeint sind.

Doc legte gerade eine unglaublich dunkle Schminke für Macbeths letzten treuen Diener Seyton auf. Er wirkte nicht so angetrunken wie sonst für Akt Vier, aber ich half ihm trotzdem, ein Kettenhemd anzuziehen.

Sid saß mit gelockertem Korsett auf dem dritten Stuhl und beobachtete Martin, der jetzt ein weißes Nachtgewand angelegt hatte.

Shakespeare lächelte sie von seinem Bild an.

Martin richtete sich hoch auf, breitete die Arme aus wie ein Hohepriester und rief: »Amici! Romani! Populares!«

»Was ist denn das?« flüsterte ich Doc zu.

Er richtete den Blick auf die beiden.

»Ich glaube, sie proben ›Julius Cäsar‹ auf Lateinisch«, sagte er achselzuckend. »So beginnt die Grabrede von Antonius.«

»Aber warum?« fragte ich.

Doc schüttelte den Kopf und zuckte noch einmal die Achseln.

Sid hob die Hand und dröhnte leise: »Beim Henker, Junge, du spielst keine römische Statue, sondern einen Römer! Locker in den Knien, und von vorn!« Dann sah er mich. Er bedeutete Martin, aufzuhören, und sagte: »Kommt her, süße Maid.« Ich gehorchte schnell. Er grinste wild und sagte: »Ihr habt unser'n Vorschlag von Martin gehört. Was sagt Ihr, Weib?«

Diesmal lief mir ein Schauer über den Rücken. Er tat gut. Ich entdeckte, daß ich zurückgrinste, und ich wußte, worauf ich mich die letzten zwanzig Minuten vorbereitet hatte.

»Ich bin dabei«, sagte ich. »Zählt mich zur Truppe.«

Sid sprang auf, packte mich bei den Schultern und Haaren und küßte mich auf beide Wangen.

»Gar wunderbar!« rief er. »Ihr spielt die Kammerfrau heut' abend in der Schlafwandler-Szene. Martin, ihr Kostüm! Nun, süße Maid, leiht mir Euer Ohr.« Seine Stimme wurde ernst und alt. »Wann ist sie zuletzt umhergewandelt?«

Der neue Mut verließ mich auf einmal.

»Aber, Siddy, ich kann doch nicht heute abend anfangen!« protestierte ich halb flehend, halb empört.

»Heute nacht oder nie! 's ist Not am Mann – wir sind zu wenig Leute.« Wieder veränderte sich seine Stimme. »Wann ist sie zuletzt umhergewandelt?«

»Aber, Siddy, ich *kann* die Rolle nicht.«

»Ihr müßt. Ihr habt das Stück dies' Jahr an zwanzigmal gehört. Wann ist sie zuletzt umhergewandelt?«

Martin kam zurück, schob mir eine blonde Perücke über den Kopf und meine Arme in ein graues Kleid.

»Ich habe den Text nicht gelernt«, jammerte ich.

»Lügnerin! Ich habe Eure Lippen sich oft bewegen sehen, wenn Ihr die Szene hier verfolgt habt. Schließt die Augen! Martin, Hände weg. Schließt die Augen und hört zu. Wann ist sie zuletzt umhergewandelt?«

In der Schwärze hörte ich mich auf das Stichwort antworten, zuerst flüsternd, dann lauter, dann mit voller Kehle, aber ernst: »Seitdem seine Majestät in den Krieg zogen, habe ich gesehen, wie sie aus ihrem Bett aufstand, ihr Nachtgewand umwarf, ihr Kabinett aufschloß, Papier nahm –«

»Bravissimo!« rief Siddy und umarmte mich wieder. Martin legte mir den Arm um die Schultern und begann mein Kleid hinten zuzuhaken.

»Aber das sind doch nur die ersten Zeilen, Siddy«, wandte ich ein.

»Die genügen!«

»Aber wenn ich nun versage, Siddy?«

»Bestimmt nicht. Außerdem stehe ich neben Euch und spiele den Arzt.«

»Aber wie spiele ich die Kammerjungfrau als Jungen?« fiel mir ein.

»Jungen?« fragte er verwundert. »Spielt sie, ohne aufs Gesicht zu fallen, und ich werde maßlos glücklich sein.« Und er schlug mir kräftig auf den Hintern.

Martins Finger berührten den vorletzten Haken. Ich hielt ihn zurück, schob die Hand in meinen Pullover, packte die U-Bahn-Marke an ihrer Kette und zerrte daran. Sie sengte mir den Hals, aber die Goldglieder zerrissen. Ich wollte die Kette durch das Zimmer werfen, lächelte Siddy aber an und legte sie in seine Hand.

»Die Schlafwandel-Szene!« zischte Maud an der Tür.

Mein Schädel pulsierte. Meine Kehle war zugeschnürt. Mein Herz hämmerte. Darunter war mein Körper leer, gekrümmt, von Strom durchzuckt, und doch fühlte er sich so an, als trüge ich eiskalte Eisenhosen.

Wie aus einer Entfernung von Millionen Meilen hörte ich: »Wann ist sie zuletzt umhergewandelt?« und von irgendwoher läutete eine Eisenglocke die Antwort – es mußte wohl meine Stimme sein, die aus meiner Eisenhose durch meinen Körper heraufkam: »Seitdem Seine Majestät in den Krieg zogen –« und so weiter, bis Martin auf die Bühne kam, ein weißes Tuch auf der langen, schwarzen Perücke, eine flackernde Kerze in der Hand, die schlafwandelnde Lady Mac mit den halben Geständnissen der Morde an Duncan, Banquo und Lady Macduff.

Und hier kommt, was ich sah, ohne hinzusehen, wie eine lebendige Szene, die aus einem Tagtraum auftaucht, vor einem dunklen Hintergrund schwebend, hell und dunkel.

Eine mittelgroße Lichtung in einem Wald. Durch die halbnackten schwarzen Äste schien ein dunkler, kalter Himmel, wie Silberasche, früher Abend.

Die Lichtung hatte gewissermaßen zwei Hörner, die sich auf beiden Seiten verjüngten und im Wald verschwanden. Ein kühler Wind wehte aus ihnen, fast so stark, daß er die Kerze ausblies.

Ziemlich weit hinten in dem Ausläufer zu meiner Linken, aber nicht sehr weit, standen an die zwei Dutzend Männer in dunklen Umhängen beieinander. Sie trugen hohe Hüte mit Krempen, an ihren Hälsen schimmerte es blaß. Aus irgendeinem Grund nahm ich an, das seien die ›rauhen Leute aus der Stadt‹, die Beau erwähnt hatte. Obwohl ich sie nicht sehr gut sehen konnte und mich nicht viel mit ihnen befaßte, bemerkte ich doch einen, der den Hut abgenommen oder aufgeregt ins Genick geschoben hatte, so daß seine hohe, blasse Stirn zu sehen war. Obwohl ich von seinem Gesicht nicht mehr wahrnahm, erschien er mir erschreckend vertraut.

Im Horn zu meiner Rechten, das breiter war, stand etwa ein Dutzend Pferde, paarweise von Stallknechten festgehalten, aber sie warfen ab und zu die Köpfe hoch und scharrten mit den Vorderbeinen. Oh, sie erschreckten mich, sage ich Ihnen!

Zur Mitte zu reichten die Bäume nah an die Bühne heran. Genau davor saß Queen Elizabeth auf einem Stuhl in der Mitte des Teppichs, wie ich sie vorher schon gesehen hatte, aber jetzt sah ich, daß die Flammen in den Kohlepfannen loderten und ihre blassen Wangen, das dunkelrote Haar und das Silber in ihrem Kleid und Mantel erschimmern ließen. Sie sah gebannt auf Martin – Lady Mac – die Lippen grimmig zusammengepreßt, die Finger ineinander verschlungen.

Nah um sie herum stand ein halbes Dutzend Männer mit modischen Hüten, Halskrausen und Reithandschuhen.

Dann sah ich, durch die Bäume und hohen, blattlosen Büsche direkt hinter Elizabeth ein identisches Elizabeth-Gesicht schweben, nur lächelte dieses dämonisch. Die Augen waren weit geöffnet. Ab und zu blickten die Pupillen schnell nach links und rechts.

Ich spürte einen scharfen Schmerz in meinem linken Handgelenk, und Sid zischte mir zu: »Gewöhnliche Gebärde!«

Ich sprach gehorsam weiter: »Das ist ihre gewöhnliche Gebärde, daß sie tut, als wüsche sie sich die Hände; ich habe wohl gesehen, daß sie es eine Viertelstunde hintereinander tat.«

Martin hatte die Kerze abgestellt und rieb sich langsam und gequält die Hände. Und die ganze Zeit über, während er das tat, wuchs die Erregung der sitzenden Elizabeth, die Augen zuckten hin und her, die Hände wanden sich.

Er kam zu der Stelle: »Noch immer riecht es hier nach Blut.

Alle Wohlgerüche Arabiens würden diese kleine Hand nicht wohlriechend machen. Oh! oh! oh!«

Als er diese leisen, qualvollen Seufzer ausstieß, stand Elizabeth von ihrem Stuhl auf und trat einen Schritt vor. Die Höflinge näherten sich ihr schnell, aber ohne sie zu berühren, und sie sagte laut: »Dies ist das Blut von Mary Stuart, das sie meint – die Eimer Blut, aus ihrem abgeschlag'nen Halse springend. Oh, ich kann es nicht ertragen!« Sie drehte sich plötzlich um und eilte zu den Bäumen. Einer der Höflinge hastete ihr nach und flüsterte ihr etwas ins Ohr. Sie blieb kurz stehen, sagte aber nur: »Nein, laßt weitergeh'n das Spiel, aber folgt mir nicht! Nein, ich sage, laßt mich, Leicester!« Und sie ging in den Wald, während er ihr nachstarrte.

Dann trat mir Sid an den Knöchel, und ich rezitierte etwas, und Martin griff wieder nach seiner Kerze und sagte dumpf: »Zu Bett! Zu Bett. Es wird ans Tor geklopft.«

Elizabeth kam mit gesenktem Kopf wieder zwischen den Bäumen hervor. Sie konnte keine zehn Sekunden weggewesen sein. Leicester eilte auf sie zu, die Hand besorgt ausgestreckt.

Martin verließ die Bühne und klagte qualvoll: »Was geschehn ist, kann man nicht ungeschehn machen.«

In diesem Augenblick schlug Elizabeth Leicesters Hand mit gespielter Verachtung weg, und sie lächelte teuflisch. Ein Pferd wieherte.

Als Sid und ich unsere letzten Zeilen sprachen, reagierte ich nur mechanisch. Die ganze Zeit über hatte ich Lady Mac in Gedanken geantwortet: Das glaubst du, Schwester.

Als ich vom Publikum nicht mehr zu sehen war, riß ich mich von Sid los und lief zur Garderobe. Ich warf mich auf den erstbesten Stuhl, Kopf und Arme über die Lehne hängend, und verlor beinahe das Bewußtsein. Es war keiner meiner Anfälle, sondern eine ganz normale Schwäche.

Ich konnte nicht lange so dagesessen haben, als Bruce und Beau und Mark – der Malcolm spielte – mit ihren Rüstungen herein kamen. Sie trugen Königin Elisabeth, die schlaff war wie ein Sack. Martin folgte ihnen und zog sein Nachtgewand so schnell aus, daß die Knöpfe absprangen. Die muß ich wieder annähen, dachte ich automatisch.

Sie legten sie auf drei nebeneinander gestellte Stühle und eilten hinaus. Martin löste das zusammengefaltete Handtuch, das um seine Hüften herabgerutscht war, ging hin und sah auf sie hinunter. Er riß seine Perücke herunter und warf sie mir zu.

Ich ließ sie zu Boden fallen. Ich betrachtete das königliche Gesicht, offenen Auges an die Decke starrend, der Mund ein wenig geöffnet, mit einem Schaumfaden am Mundwinkel, und das spitze Mieder, das sich nicht bewegte. Die blaue Fliege surrte an mir vorbei und kreiste über ihrem Gesicht.

»Martin«, sagte ich gepreßt, »ich glaube nicht, daß mir gefällt, was wir da tun.«

Er sah mich an.

»Du hast es gewußt!« sagte er. »Du hast gewußt, daß du dich für mehr als Schauspielern verpflichtest, als du gesagt hast: ›Zählt mich zur Truppe‹.«

Die Fliege wanderte über ihre Oberlippe und kam am Schaumfaden zum Stillstand.

»Aber Martin . . . die Vergangenheit verändern . . . zurückgehen und die wahre Königin töten . . . sie durch ein Double ersetzen . . .«

Seine Brauen schossen hoch.

»Die wahre – Du glaubst, das ist die wahre Königin Elizabeth?« Er griff nach einer Flasche reinem Alkohol, goß etwas auf ein Handtuch, hielt das tote Gesicht am roten Haar fest – nein, Perücke, auch die echte trug eine Perücke – und rieb an der Stirn.

Die weiße Schminke löste sich auf, zeigte fahle Haut und undeutliche Tätowierung in der Form eines ›S‹, gebildet wie ein leicht geöffnetes Ying-Yang-Symbol.

»Schlange!« zischte er. »Zerstörerin! Der Erzfeind, der ewige Gegner! Gott weiß, wie oft Wesen wie Queen Elizabeth aus der Vergangenheit gegraben worden sind, zuerst von Schlangen, dann von Spinnen, und entführt oder getötet und im Verlauf unseres Krieges ersetzt. Das ist das erste große Unternehmen, an dem ich beteiligt bin, Greta. Aber soviel weiß ich.«

Mein Kopf begann zu schmerzen.

»Wenn sie ein feindliches Double ist, warum wußte sie dann nicht, daß eine Vorstellung von ›Macbeth‹ in ihrer Zeit ein Anachronismus war?«

»In der Vergangenheit versteckt, nur bemüht, eine Position zu halten, werden sie träge, halb betäubt. Sogar die Schlangen. Sogar die unsrigen. Außerdem hätte sie zweimal fast begriffen, als sie mit Leicester sprach.«

»Martin«, sagte ich tonlos, »wenn es alle diese Ersatzfiguren gegeben hat, zuerst von denen, dann von uns, was ist aus der echten Elizabeth geworden?«

»Das weiß der Himmel«, sagte er achselzuckend.

»Aber weiß er es wirklich, Martin? Kann er es wissen?«

Er zog die Schultern hoch.

»Schau, Greta«, sagte er, »es sind die Schlangen, die die Verunstalter und Zerstörer sind. Wir stellen die Vergangenheit wieder her. Die Spinnen versuchen, alles so zu erhalten, wie es zuerst erschaffen war. Wir töten nur, wenn wir müssen.«

Ich schauderte, denn aus meinem Gedächtnis barst das glitzernde, messerfunkelnde, nachtdunkle, blutige Bild meines Geliebten, des Spinnen-Soldaten Erich von Hohenwald, sterbend im Zugriff einer silbernen Riesenspinne oder eines Spinnenwesens von seiner Größe, wie sie im Central Park ineinander verschlungen einen Felsweg herabrollten.

Aber der Erinnerungsblitz löschte nicht mein Gemüt, wie vor einem Jahr, so wenig, wie der abgerissene schwarze Faden das Ende der Welt bedeutet hatte. Ich fragte Martin: »Behaupten die Schlangen das?«

»Natürlich nicht! Sie behaupten dasselbe wie wir. Aber irgendwo, Greta, mußt du vertrauen.« Er streckte den Mittelfinger seiner Hand aus.

Ich griff danach. Er zog die Hand zurück.

»Du trauerst immer noch um das Aas dort!« beschuldigte er mich. Er riß einen Teil des weißen Vorhangs ab und breitete ihn über die erstarrende Leiche. »Wenn du trauern mußt, dann trauere um Miss Nefer! Im Exil, gefangen, für immer in der Vergangenheit eingemauert, sich nach dem Nirwana sehnend, mit einem kleinen Stück Bewußtsein. Und nur um eine Festung zu halten! Nur dafür zu sorgen, daß Maria Stuart hingerichtet, die Armada besiegt wird, und daß alle anderen Folgen sich daraus ergeben. Die Elizabeth der Schlangen lassen Maria leben ... und England sterben ... und die Spanier besetzen Nordamerika bis zu den Großen Seen und Neu-Skandinavien.« Wieder streckte er den Mittelfinger aus.

»Gut, nun gut«, sagte ich und berührte ihn nur kurz. »Du hast mich überzeugt.«

»Großartig!« sagte er. »Leb wohl für jetzt, Greta. Ich muß helfen, die Ausstattung abzubauen.«

»Das ist gut«, sagte ich. Er sprang hinaus.

Ich hörte das Schwerterklirren des letzten Kampfes bis zum Tod der beiden Macs, Duff und Beth. Aber ich saß in der leeren Garderobe und tat so, als trauerte ich um einen teuflisch lächelnden Schneetiger, eingesperrt in einem Zeitkäfig, und um einen hübschen, spöttischen Deutschen, der wegen Insubordination getötet worden war, die *ich* gemeldet hatte ... trauerte in Wirklichkeit um ein Mädchen, das ein Jahr lang ein entwurzeltes Kind des Theaters mit einer ganzen Truppe von Vätern und Müttern gewesen war und sich vor nichts als U-Bahn-Gespenstern und Park- und Village-Ungeheuern gefürchtet hatte.

Während ich dasaß und mich neben einer ins Leichentuch gehüllten Königin bemitleidete, fiel ein Schatten über meine Knie. Ich sah einen jungen Mann in abgetragener dunkler Kleidung durch die Garderobe huschen. Er konnte nicht älter als dreiundzwanzig sein, ein zarter Bursche mit schwachem Kinn und hoher Stirn und Augen, die alles sahen. Ich wußte sofort, daß er es war, der mir in der Gruppe der zwei Dutzend Männer bekannt vorgekommen war.

Er sah mich an, und ich blickte von ihm zu dem Bild auf dem Ersatz-Schminkkasten neben Siddys Spiegel. Und ich begann zu zittern.

Er sah es natürlich auch, und er fing ebenfalls an zu zittern, aber nicht ganz so auffällig wie ich.

Der Schwerterkampf hatte vor Sekunden aufgehört, und jetzt konnte ich die Hexen fern klagen: »Schön ist häßlich –

häßlich schön.« Sid läßt sie das unsichtbar noch einmal sprechen, um die erfüllte Prophezeiung zu zeigen.

Dann kam Sid heraufgestürmt. Er ist als erster fertig, weil der Kampf außerhalb der Bühne endet, damit Macduff einen rotbeschmierten Papiermachékopf von ihm hinaustragen und dem Publikum zeigen kann. Sid blieb an der Tür wie angewurzelt stehen.

Dann drehte sich der Fremde um. Seine Schultern zuckten, als er Sid sah. Er ging ihm zwei, drei Schritte entgegen und begann atemlos zu sprechen.

Sid stand da und beobachtete ihn. Als die anderen Schauspieler hinter ihm herandrängten, spreizte er die Arme an der Tür so, daß niemand hereinkonnte. Ihre Gesichter schoben sich heran.

Und die ganze Zeit sagte der Fremde: »Was mag das bedeuten? Wie kann dies sein? Ist die ganze Saat der Zeit . . . befeuchtet von höllischem Getropfe . . . auf einmal aufgegangen? Sprecht . . . sprecht! Ihr habt mir ein Spiel gespielt . . . das ich in meinem innersten Herzen schreibe! Habt Ihr das Gefüge der Dinge umgestülpt . . . um mir einen ungeborenen Gedanken zu stehlen? Schön ist wahrlich häßlich. Ist die ganze Welt eine Bühne? Sprecht, sage ich! Seid Ihr nicht mein Freund Sidney James Lessingham von King's Lynn . . . gestreift vom feurigen Stab der Zeit . . . bedeckt mit der Asche von dreißig Jahren? Sprecht, seid Ihr der nicht? Oh, es gibt mehr Dinge im Himmel und auf Erden – ja, und vielleicht auch in der Hölle . . . Sprecht, ich bitt' Euch!«

Und damit legte er die Hände auf Sids Schultern, halb, um ihn zu schütteln, glaube ich, aber auch halb, um nicht zu Boden zu stürzen. Und zum einzigen und erstenmal, daß ich das sah, hatte der wortreiche alte Sid nichts zu sagen.

Seine Lippen bewegten sich. Er öffnete zweimal den Mund und schloß ihn wieder. Dann winkte er mit verzweifeltem Gesicht den Schauspielern hinter sich, sie sollten den Weg freimachen, und packte den Fremden, um ihn hinauszuschieben. Er folgte ihm.

Die Schauspieler kamen hereingestürmt, Bruce warf Martin

Macbeths Kopf wie einen Fußball zu, während er seinen Helm abnahm, Mark stellte Schilde in eine Ecke, und Maudie sagte im Vorbeieilen zu mir: »Hallo, Gret, fein, daß du wieder da bist«, und tätschelte meine Schläfe, um zu zeigen, was sie meinte. Beau ging sofort zu Sids Schminktisch, stellte das Bild weg und hob Sids Ersatz-Schminkkasten heraus.

»Das Licht, Martin!« rief er.

Dann kam Sid zurück, warf die Tür zu und verriegelte sie.

Ich lief auf ihn zu. In mir brodelte etwas hoch, aber bevor es mein Hirn erreichte, öffnete ich den Mund, es kam heraus als: »Siddy, mich kannst du nicht täuschen, das war – das war Shakespeare!«

»Ja, Mädel, das glaube ich auch«, sagte er und hielt meine Handgelenke fest. »Man findet keine Puppen, um solche Männer zu doubeln – das hoffe ich wenigstens.« Er grinste schief. »Ihr Götter«, sagte er, »wie redest du überhaupt?«

»Sid, sind wir je im Central Park gewesen?« fragte ich.

»Einmal – vor zwölf Monaten«, antwortete er. »Für einen Abend. *Sie* holten sich Erich. Du bist ausgeflippt.«

Er drehte mich herum und trat hinter Beau. Alle Lichter erloschen.

Dann sah ich, zuerst schwach, das große, schimmernde Juwel, bedeckt mit Skalen und grünleuchtenden Fenstern, das Beau aus Sids Schminkkasten genommen hatte. Er kniete vor dem Ding nieder.

»Wann jetzt? Wo?« sagte Beau ungeduldig.

»Das vierundvierzigste Jahr vor unseres Herrn Geburt!« sagte Sid sofort. »Rom!«

Beaus Finger tanzten über die Instrumente. Das grüne Leuchten flackerte.

»In diesem Sektor der Leere tobt ein Sturm.«

»Umgeh ihn«, befahl Sid.

»Überall sind dunkle Nebel.«

»Dann such den brauchbarsten dunklen Pfad!«

»Schön ist häßlich, häßlich schön, wie, Siddy?« rief ich.

»Ja, Kleines«, gab er zurück. »Eine andere Regel haben wir nicht!«

Das Mädchen mit den hungrigen Augen

Na gut, ich will Ihnen sagen, warum ich bei dem Mädchen eine Gänsehaut bekomme. Warum ich es nicht aushalte, in die Innenstadt zu fahren und zu sehen, wie der Pöbel zu ihr am Turm aufgeifert, mit der Limoflasche oder Packung Zigaretten, oder was sie neben sich hat. Warum ich mir keine Zeitschriften mehr ansehe, weil ich weiß, daß sie irgendwo im Büstenhalter oder Schaumbad auftaucht. Warum ich nicht gerne daran denke, daß Millionen Amerikaner dieses vergiftende Lächeln in sich aufnehmen. Eine verrückte Geschichte ist das – mehr, als Sie erwarten.

Nein, ich habe nicht plötzlich eine elitäre Empörung über das Böse an der Werbung und dem nationalen Glamour-Girl-Komplex entwickelt. Das wäre lächerlich für einen Mann in meinem Beruf, nicht? Sie werden aber zugeben, daß es ein bißchen pervers ist, den Sex auf diese Weise auszunützen. Mir macht das nichts aus. Und ich weiß, daß wir schon alles Mögliche gehabt haben, das ›Gesicht‹, den ›Körper‹, den ›Look‹, warum soll also nicht jemand daherkommen, der die Summe bildet, so daß wir sie ›Das Girl‹ nennen und auf allen Plakatwänden von New York bis Los Angeles ausstellen müssen?

Aber das Girl ist nicht wie die anderen. Sie ist unnatürlich. Sie ist morbid. Sie ist unheimlich.

Ach, wir haben das Zwanzigste Jahrhundert, und das, was ich meine, ist mit der Hexerei untergegangen? Aber, sehen Sie, ich weiß selbst nicht genau, was ich meine, über einen bestimmten Punkt hinaus. Es gibt Vampire und Vampire, und nicht alle saugen Blut.

Und es gab die Morde, wenn es Morde waren.

Außerdem möchte ich Sie etwas fragen. Warum erfahren wir nicht mehr über sie, wenn Amerika von dem Girl besessen ist? Warum erscheint sie nicht auf dem Umschlag des ›Time‹-Magazins, mit einer hübschen Biographie im Innern? Warum kein

Profil von ihr im ›New Yorker‹, in einer anderen Zeitschrift? Noch nicht soweit? Quatsch!

Warum reißt sich Hollywood nicht um sie? Warum erscheint sie nicht im Fernsehen? Warum sehen wir sie nicht mit politischen Kandidaten? Warum wird sie nicht hier und dort zu dieser oder jener Königin gewählt?

Warum lesen wir nichts von ihrem Geschmack und ihren Steckenpferden? Warum wird sie nicht interviewt und gefragt, mit wem sie befreundet ist?

Schließlich – und das ist der Knüller – warum ist sie nie gezeichnet oder gemalt worden?

O nein, das ist sie nicht. Wenn Sie etwas davon verstünden, wüßten sie das. Alle diese Bilder stammen von einem Foto. Gut gemacht? Gewiß. Die besten Leute haben daran gearbeitet. Aber so wird es gemacht.

Und jetzt erzähle ich Ihnen den Grund für das alles. Es liegt daran, daß im ganzen Werbe-, Medien- und Nachrichtengeschäft nicht ein einziger Mensch weiß, wo das Girl hergekommen ist, wo sie wohnt, was sie macht, wer sie ist, ja nicht einmal, wie sie heißt.

Im Ernst. Mehr noch, kein einziger Mensch sieht sie auch nur – außer einem armen, verdammten Fotografen, der mehr Geld durch sie verdient, als er sich je erhoffen konnte, und der den ganzen Tag ängstlich und elend ist.

Nein, ich habe nicht die geringste Ahnung, wer er ist oder wo er sein Atelier hat. Aber ich weiß, daß es einen solchen Mann geben muß, und ich bin überzeugt davon, daß er sich so fühlt, wie ich es eben beschrieben habe.

Ja, ich könnte sie vielleicht finden, wenn ich mich anstrengen würde. Ich bin mir aber nicht sicher – inzwischen hat sie vermutlich andere Sicherungen. Außerdem will ich es nicht.

Ach, ich bin nicht bei Trost, wie? So etwas kann es Mitte des Zwanzigsten Jahrhunderts nicht geben? Niemand kann sich auf die Dauer verstecken, nicht einmal die Garbo?

Nun, ich weiß zufällig, daß es geht, weil ich im vergangenen Jahr der arme, verdammte Fotograf war, von dem ich Ihnen erzählte. Ja, voriges Jahr, als das Girl zum erstenmal in unserer großen kleinen Stadt auftauchte.

Ja, ich weiß, da waren Sie noch nicht hier, und Sie wissen nichts davon. Selbst das Girl mußte klein anfangen. Aber wenn man in den alten Zeitungen nachstöbert, findet man ein paar Anzeigen, und ich könnte ein paar Werbepräsentationen finden – Lovelybelt verwendet noch eine. Ich hatte einen ganzen Berg von Aufnahmen, bevor ich ihn verbrannte.

Ja, ich habe mich bei ihr gesundgestoßen. Nicht in dem Ausmaß, wie der andere Fotograf jetzt, aber immerhin so viel, daß ich mir diesen Whisky leisten kann. Sie war komisch, was das Geld anging. Das will ich Ihnen erzählen.

Aber zuerst etwas über mich. Ich hatte im Hauser Building im dritten Stock ein Atelier, schräg gegenüber vom Ardleigh Park.

Das Gebäude war alt, die Treppenstufen knarrten, aber es war billig, und ich hatte ein Oberlicht.

Das Geschäft ging schlecht. Ich machte bei allen Agenturen und Werbefirmen die Runde, und man hatte nichts gegen mich, aber ich bekam kaum Aufträge. Ich war fast pleite und hatte Mietschulden.

Es war einer von diesen dunklen, grauen Nachmittagen. Im Haus war es ganz still. Ich entwickelte ein paar Aufnahmen, die ich ohne Auftrag für ein paar Firmen geschossen hatte. Mein Modell war gegangen, eine Miss Leon. Sie war Lehrerin und betätigte sich nur nebenberuflich für mich. Nach einem Blick auf die Abzüge entschied ich, daß Miss Leon nicht das richtige für Korsetts war. Ich wollte Schluß machen für diesen Tag.

Dann fiel unten die Haustür zu, ich hörte Schritte auf der Treppe, und sie kam herein.

Sie trug ein billiges, glänzendes schwarzes Kleid. Schwarze Pumps. Keine Strümpfe. Über einem Arm hatte sie einen grauen Stoffmantel, sonst waren ihre mageren Arme nackt.

Und dann der schmale Hals, das ein wenig hagere Gesicht, die dunklen, schweren Locken, und darunter die hungrigsten Augen der Welt.

Das ist der eigentliche Grund dafür, warum sie jetzt im ganzen Land an allen Wänden zu sehen ist, wissen Sie – diese Augen. Nichts Vulgäres, aber trotzdem sehen sie dich mit einem Hunger an, der ganz Sex ist und mehr als Sex. Danach suchen alle seit dem Jahr Eins – ein wenig mehr als Sex.

Nun, Jungs, da war ich allein mit dem Girl, in einem Büro, in dem es langsam dunkel wurde, in einem fast leeren Haus. So etwas haben sich Millionen Männer schon vorgestellt, mit allen Details. Wie fühlte ich mich? Ich hatte Angst.

Ich weiß, daß Sex Angst erregen kann. Das kalte Gefühl, das Herzklopfen, wenn man mit einem Mädchen allein ist und fühlt, daß man es berühren wird. Aber wenn es diesmal Sex war, dann stand noch etwas dahinter.

Jedenfalls dachte ich nicht an Sex.

Ich erinnere mich, daß ich einen Schritt zurücktrat und meine Hand zuckte, so daß die Aufnahmen auf den Boden flatterten.

Ich hatte ein leichtes Schwindelgefühl, so, als werde etwas aus mir herausgezogen. Nur ein kleines bißchen.

Das war alles. Dann öffnete sie den Mund, und alles war für eine Weile wieder normal.

»Ich sehe, daß Sie Fotograf sind, Mister«, sagte sie. »Können Sie ein Modell gebrauchen?«

Ihre Stimme klang nicht sehr kultiviert.

»Das bezweifle ich«, sagte ich und hob die Bilder auf. Ich war nämlich nicht beeindruckt. Die kommerziellen Möglichkeiten ihrer Augen waren mir noch nicht aufgegangen. »Was haben Sie bisher schon gemacht?«

Sie erzählte mir eine vage Geschichte, und ich prüfte ihre Kenntnisse von Modellagenturen und Ateliers und Preisen und so, und dann sagte ich: »Hören Sie, Sie haben noch nie für einen Fotografen gearbeitet. Sie sind einfach so hereingekommen.«

Nun, sie gab zu, daß das mehr oder weniger stimmte.

Ich hatte die ganze Zeit das Gefühl, daß sie sich auf irgendeine Weise zurechtzufinden versuchte.

»Und Sie glauben, Modell sein kann jeder?« fragte ich mitleidig.

»Sicher«, sagte sie.

»Hören Sie«, sagte ich, »ein Fotograf kann ein Dutzend Negative vergeuden, nur um ein halbwegs menschliches Bild von einer Durchschnittsfrau zu bekommen. Was glauben Sie, wieviele er verschwenden muß, um ein wirklich auffallendes Bild von ihr zu machen?«

»Ich glaube, ich könnte es«, erklärte sie.

Na, ich hätte sie gleich hinauswerfen sollen. Vielleicht bewunderte ich ihre Art, vielleicht berührte mich ihr unterernährtes Aussehen. Oder ich wollte es ihr einfach beweisen.

»Okay, das werden wir sehen«, sagte ich. »Ich mache ein paar Aufnahmen von Ihnen. Wohlgemerkt, rein auf Verdacht. Falls jemand wirklich ein Foto von Ihnen verwenden möchte, wofür nichts spricht, zahle ich Ihnen das übliche Stundenhonorar. Sonst nicht.«

Sie lächelte. Zum erstenmal.

»Einverstanden«, sagte sie.

Nun, ich machte drei oder vier Aufnahmen, Nahaufnahmen von ihrem Gesicht, weil mir ihr billiges Kleid nicht gefiel, und sie ertrug wenigstens meinen Sarkasmus. Dann fiel mir das Korsett ein. Sie zog auch das an, und ich machte Bilder davon und im Strandkostüm.

Die ganze Zeit fühlte ich nichts Besonderes in der einen oder anderen Richtung, nur wurde mir ab und zu ein bißchen schwindlig. Die Unruhe muß also schon dagewesen sein.

Ich warf ihr eine Karte und einen Bleistift hin.

»Schreiben Sie mir Ihren Namen, die Adresse und die Rufnummer auf«, sagte ich und ging in die Dunkelkammer.

Kurz danach ging sie. Ich rief ihr keinen Abschiedsgruß nach. Ich entwickelte die Negative, machte ein paar Abzüge, sah sie mir an und fand, daß sie nicht viel schlechter waren als die von Miss Leon. Kurz entschlossen legte ich sie zu den anderen Bildern, mit denen ich am nächsten Tag die Runde machen wollte.

Am nächsten Morgen fing ich an. Zuerst besuchte ich die Brauerei Munsch. Man suchte dort ein ›Munsch-Girl‹. Papa Munsch mochte mich, obwohl er meine Bilder gern heruntermachte. Er hatte ein gutes Auge. Ich traf ihn in der Abfüllhalle, wo er seine Anweisungen gab und Bier aus der Dose trank. Er wischte sich die großen Hände am Schurz ab und griff nach den Fotos.

Er hatte sie halb durchgesehen und machte Geräusche mit Zunge und Zähnen, als er auf sie stieß. Ich hätte mich verfluchen können, weil ich sie mitgebracht hatte.

»Das ist sie«, sagte er. »Die Bilder sind nicht besonders, aber das ist sie.«

Es war entschieden. Ich frage mich, warum Papa Munsch sofort sah, was das Mädchen an sich hatte, während es mir entgangen war. Es lag wohl daran, daß ich sie zuerst sozusagen leibhaftig gesehen hatte.

In dem Augenblick spürte ich nur eine Schwäche.

»Wer ist sie?« fragte er.

»Eines von meinen neuen Modellen«, sagte ich beiläufig.

»Bringen Sie sie morgen her. Und Ihre Ausrüstung. Wir machen hier Aufnahmen. Ich will es Ihnen zeigen.« Er sah mich an. »Na, nur nicht blaß werden«, meinte er. »Trinken Sie ein Bier.«

Als ich ging, sagte ich mir, das könne nur eine Pleite werden, morgen würde sie mit ihrer Unerfahrenheit alles verpatzen.

Aber bei Mr. Fitch von Lovelybelt-Miederwaren legte ich ihr Bild obenauf.

Mr. Fitch spielte den Kunstkritiker. Er beugte sich zurück, kniff die Augen zusammen, wedelte mit den Fingern und sagte: »Hmm. Was meinen Sie, Miss Willows? Hier, in dem Licht. Der Schrägschnitt kommt auf dem Bild nicht heraus, und wir nehmen auch besser die ›Imp‹-Linie statt der ›Angel‹. Aber das Mädchen . . . Binns, kommen Sie mal her, ich will sehen, wie ein Ehemann reagiert.« Er konnte nicht verbergen, daß er den Köder geschluckt hatte.

Genauso ging es mir bei Buford und Playground, nur brauchte da Costa keinen Ehemann.

»Ganz heiße Sache«, sagte er. »O Mann, ihr Fotografen!«

Ich hetzte ins Büro und griff nach der Karte, die ich ihr gegeben hatte.

Sie war leer.

Ich muß ehrlich gestehen, die nächsten fünf Tage waren so

ungefähr die schlimmsten, die ich je durchgemacht habe. Als ich sie am Morgen danach immer noch nicht gefunden hatte, mußte ich die Leute hinhalten.

»Sie ist krank«, sagte ich Papa Munsch am Telefon.

»Liegt sie im Krankenhaus?«

»So ernst ist es nicht.«

»Dann bringen Sie sie her. Was sind schon Kopfschmerzen?«

»Tut mir leid, das geht nicht.«

Papa Munsch wurde argwöhnisch.

»Haben Sie die Kleine wirklich?«

»Natürlich.«

»Na, ich weiß nicht, ich hätte sie für ein New Yorker Modell gehalten, wenn Ihre miesen Bilder nicht wären.«

Ich lachte.

»Also, Sie bringen Sie morgen her, verstanden?«

»Ich geb' mir Mühe.«

»Nichts Mühe. Sie bringen sie her.«

Er wußte nicht, wieviel Mühe ich mir gab. Ich besuchte alle Modell- und Vermittlungsagenturen. Ich spielte Detektiv. Ich setzte Anzeigen in alle drei Zeitungen. Ich lief von Lokal zu Drugstore, von Kaufhaus zu Bar. Ich streifte durch die Straßen.

Am fünften Tag wußte ich, daß ich geschlagen war. Um sechs Uhr lief Papa Munschs letzte Frist ab. Mr. Fitch hatte schon abgewinkt.

Ich saß am Atelierfenster und starrte auf den Ardleigh Park hinunter.

Sie kam herein.

»Hallo«, sagte ich und sah sie kaum an.

»Hallo«, sagte sie.

»Noch nicht entmutigt?«

»Nein.« Es klang nicht unsicher oder trotzig. Es war einfach eine Feststellung.

Ich schaute kurz auf die Uhr, stand auf und sagte: »Passen Sie auf, ich gebe Ihnen eine Chance. Ein Kunde von mir sucht einen ganz bestimmten Typ. Wenn Sie wirklich gut sind, können Sie es schaffen. Wenn wir uns beeilen, können wir heute noch hin.« Ich griff nach meinen Sachen. »Los. Und wenn Sie wieder mal eine Gefälligkeit erwarten, dann hinterlassen Sie Ihre Rufnummer.«

»M-m«, sagte sie, ohne sich zu rühren.

»Was heißt das?«

»Ich gehe nicht zu einem Kunden von Ihnen.«

»Das ist ja wohl –« sagte ich. »Sie kleine Irre, ich gebe Ihnen wirklich eine Chance.«

Sie schüttelte langsam den Kopf.

»Mich täuschen Sie nicht, wirklich nicht. Die *wollen* mich.« Und sie lächelte zum zweitenmal.

Damals dachte ich, sie müßte meine Zeitungsanzeige gesehen haben. Jetzt bin ich mir nicht mehr so sicher.

»Und jetzt sage ich Ihnen, wie wir es machen«, erklärte sie. »Sie bekommen weder meinen Namen, noch meine Adresse oder Rufnummer. Die bekommt niemand. Und wir machen alle Aufnahmen hier. Nur wir beide.«

Man kann sich vorstellen, wie ich aufbrüllte. Ich war alles zugleich – zornig, sarkastisch, geduldig, erläuternd, aus dem Häuschen, drohend, flehend.

Ich hätte ihr am liebsten ein paar Ohrfeigen gegeben, aber ihr Gesicht war fotografisches Kapital.

Schließlich mußte ich Papa Munsch anrufen und ihm ihre Bedingungen mitteilen. Ich wußte, daß ich keine Chance hatte, aber ich mußte es versuchen.

Er beschimpfte mich, sagte ein paarmal ›nein‹ und hängte ein.

Das störte sie nicht.

»Wir fangen morgen früh um zehn Uhr an«, sagte sie.

Gegen Mitternacht rief Papa Munsch zurück.

»Ich weiß nicht, aus welcher Irrenanstalt Sie das Mädel ausleihen«, sagte er, »aber ich nehme sie. Kommen Sie morgen früh vorbei und ich will Ihnen beizubringen versuchen, wie ich die Bilder haben will. Und es freut mich, daß ich Sie aus dem Bett geholt habe!«

Danach lief alles von selbst. Sogar Mr. Fitch überlegte es sich anders, erklärte mir zwei Tage lang, es sei unmöglich, und nahm die Bedingungen dann an.

Am nächsten Tag war sie pünktlich, und wir fingen an. Das eine muß man ihr lassen, sie wurde nie müde und ungeduldig. Ich kam gut mit ihr aus, hatte aber immer noch das Gefühl, daß irgend etwas weggeschoben wurde. Vielleicht spüren Sie das auch, wenn Sie ihr Bild sehen.

Als wir fertig waren, erfuhr ich, daß es noch mehr Regeln gab. Ich wollte mit ihr hinunter zu Kaffee und einem Sandwich.

»M-m«, sagte sie. »Ich gehe allein. Und wenn Sie versuchen, mir zu folgen, wenn Sie auch nur Ihren Kopf zum Fenster hinausstecken, können Sie sich ein anderes Modell suchen.«

Man kann sich denken, wie das an meiner Beherrschung nagte – und an meiner Phantasie. Ich erinnere mich, daß ich das Fenster öffnete, als sie fort war – ich hatte ein paar Minuten gewartet – und frische Luft in mich hineinsog und mir zu erklären versuchte, was dahinterstand, ob sie sich vor der Polizei versteckte oder die entlaufene Tochter eines Millionärs war, oder was auch immer.

Aber ich mußte mich um die Bilder kümmern.

Im Rückblick ist es verblüffend, sich zu überlegen, wie schnell ihr Zauber die ganze Stadt ergriff. Wenn ich bedenke, was danach kam, macht mir Angst, was mit dem ganzen Land – und vielleicht mit der ganzen Welt – geschieht. Gestern habe ich in ›Time‹ gelesen, daß das Girl auf Plakatwänden in Ägypten aufgetaucht sei.

Der Rest meiner Geschichte wird zeigen, warum ich mich so fürchte. Aber ich habe da eine Theorie, die ich Ihnen kurz schildern will.

Sie wissen, wie die moderne Werbung die Gedanken aller Leute in dieselbe Richtung zu lenken versucht, damit sie alle dasselbe wollen, sich dasselbe vorstellen. Und die Psychologen betrachten die Telepathie nicht mehr so skeptisch wie früher.

Das muß man miteinander verbinden. Unterstellt, daß die gleichartigen Wünsche von Millionen Menschen sich auf eine einzige telepathische Person richten. Auf ein Mädchen, etwa.

Man stelle sich vor, daß sie die verborgensten Begierden von Millionen Männern kennt. Man stelle sich vor, daß sie tiefer in sie hineinblicken kann als die Betroffenen selbst, daß sie den Haß und den Todeswunsch hinter der Lust sieht. Man stelle sich vor, daß sie sich nach diesem kompletten Bild formt und so fern bleibt wie Marmor. Und dann die Begierde, die sie als Antwort auf die Begierde der anderen empfindet.

Aber damit entferne ich mich weit von den Fakten. Die sind zum Teil ganz klar. Das Geld, zum Beispiel. Wir verdienten Geld.

Das war das Komische, was ich sagen wollte. Ich fürchtete, das Girl wolle mich ausnehmen. Sie hatte mich ja in der Hand.

Aber sie verlangte nichts als das übliche Honorar. Später bestand ich darauf, ihr mehr Geld zu geben, eine ganze Menge. Aber sie nahm es mit einem verächtlichen Ausdruck, so, als wolle sie es in den nächsten Gully werfen. Vielleicht hat sie es wirklich getan.

Jedenfalls hatte ich Geld. Zum erstenmal seit langer Zeit hatte ich genug Geld, um mich zu betrinken, neue Garderobe zu kaufen, Taxi zu fahren. Ich konnte mich um jedes Mädchen bewerben. Ich brauchte nur zu wählen.

Und ich ging natürlich her und suchte mir –

Aber zuerst muß ich von Papa Munsch erzählen.

Papa Munsch war nicht der erste, der mein Modell kennenlernen wollte, aber wohl der erste, der sich wirklich in sie verknallte. Ich sah es in seinen Augen, als er die Bilder betrachtete. Sie wurden weich und ehrfürchtig. Mama Munsch war seit zwei Jahren tot.

Eines Morgens kam er zu mir.

»Ich muß sie sehen, Dave«, sagte er.

Ich stritt mit ihm, ich veralberte ihn, ich erklärte ihm, daß er nicht wisse, wie ernst sie es mit ihren verrückten Ideen meine. Ich beschimpfte ihn sogar.

Er wiederholte nur immer wieder: »Ich muß sie aber sehen, Dave.«

Die Haustür fiel ins Schloß.

»Das ist sie«, sagte ich leise. »Sie müssen verschwinden.«

Er wollte nicht, also schob ich ihn in die Dunkelkammer.

»Und keinen Laut«, mahnte ich. »Ich sage ihr, daß ich heute nicht arbeiten kann.«

Ich wußte, daß er versuchen würde, sie zu sehen, aber sonst konnte ich nichts tun.

Die Schritte erreichten mein Stockwerk, aber sie erschien nicht an der Tür. Ich wurde unruhig.

»Werfen Sie den Kerl hinaus!« schrie sie plötzlich. »Ich gehe noch eine Treppe höher. Wenn der fette Kerl nicht augenblicklich hinuntergeht, sieht er nie mehr von mir ein Bild, außer eines, auf dem ich in sein scheußliches Bier spucke.«

Papa Munsch kam aus der Dunkelkammer. Er war kalkweiß. Er sah mich nicht an, als er hinausging. Er sah sich vor mir nie mehr ihre Bilder an.

Das war Papa Munsch. Jetzt berichte ich von mir. Ich redete bei ihr um den Brei herum, machte Andeutungen, versuchte es schließlich.

Sie löste meine Hand von ihrem Körper wie ein nasses Tuch.

»Nein, Freundchen«, sagte sie. »Wir sind bei der Arbeit.«

»Aber später –« sagte ich.

»Gelten immer noch die Regeln.« Und ich erntete, was vermutlich das fünfte Lächeln war.

Schwer zu fassen, aber sie wich von diesem verrückten Standpunkt nie ab. Ich durfte im Atelier nicht anfangen, weil unsere Arbeit sehr wichtig war und sie nicht abgelenkt werden wollte. Und sonst konnte ich sie nirgends treffen, denn wenn ich es versuchen sollte, würde ich nie mehr eine Aufnahme von ihr machen – und das, während das Geld hereinströmte und ich nie so dumm war, zu meinen, das habe etwas mit meiner Fotografie zu tun.

Ich wäre natürlich kein Mann gewesen, wenn ich es nicht immer wieder versucht hätte. Ich erreichte nichts, und Lächeln gab es auch keines mehr.

Ich veränderte mich. Ich wurde ein bißchen komisch und hatte manchmal das Gefühl, mein Schädel müßte platzen. Und ich sprach die ganze Zeit mit mir. Über mich.

Es war, als befände ich mich ständig in einem Delirium, das

sich auf das Berufliche nicht auswirkte. Ich achtete nicht auf das Schwindelgefühl. Es wirkte natürlich.

Manchmal, glaube ich, hatte ich eine höllische Angst vor ihr. Sie schien die fremdartigste, schrecklichste Person auf der ganzen Welt zu sein. Aber bei anderen Gelegenheiten ...

Und ich redete. Es spielte keine Rolle, was ich tat, ich redete unaufhörlich.

Ich erzählte ihr alles, was ich über mich wußte. Sie achtete nie darauf. Ich wußte nicht einmal, ob sie mir zuhörte.

Als wir dann Angebote von Großagenturen bekamen, beschloß ich, ihr zu folgen, als sie heimging.

Augenblick, ich kann das genauer sagen. Sie erinnern sich vielleicht an die Meldungen in der Presse – über die Vielleicht-Morde, von denen ich sprach. Ich glaube, es waren sechs.

Ich sage ›Vielleicht‹-Morde, weil die Polizei nie genau wußte, ob es nicht Herzinfarkte gewesen waren. Aber es erregt Verdacht, wenn Leute mit einem gesunden Herzen plötzlich umkippen, und das immer nachts, wenn sie allein sind und nicht zu Hause, und wenn man sich fragt, was sie gemacht haben.

Die sechs Todesfälle erzeugten eine Art Angst-Psychose vor geheimnisvollen Giften. Und später hatte man das Gefühl, daß es nicht aufgehört hatte, sondern auf weniger verdächtige Weise weiterging.

Das gehört zu den Dingen, die mir jetzt Angst machen.

Aber damals empfand ich nur Erleichterung darüber, daß ich beschlossen hatte, ihr zu folgen.

Ich arbeitete eines Nachmittags mit ihr, bis es dunkel wurde. Ich brauchte keine Ausrede, wir erstickten in Aufträgen. Ich wartete, bis die Haustür zufiel, dann rannte ich hinunter. Ich trug Schuhe mit Gummisohlen. Ich hatte einen dunklen Mantel angezogen, den sie nicht kannte.

Ich stand unter der Tür, bis ich sie sah. Sie ging durch den Ardleigh Park zur Stadtmitte. Es war ein warmer Herbstabend. Ich folgte ihr auf der anderen Straßenseite. Zunächst wollte ich nur herausbekommen, wo sie wohnte.

Sie blieb am Kaufhaus Everly vor einem Schaufenster stehen.

Ich erinnerte mich, daß wir für Everly eine Großaufnahme von ihr gemacht hatten. Die sah sie sich an.

Wenn Leute vorbeikamen, drehte sie sich ein wenig zur Seite oder trat in den Schatten zurück.

Dann kam ein einzelner Mann vorbei. Ich konnte sein Gesicht nicht genau sehen, aber er schien im mittleren Alter zu sein. Er blieb stehen und starrte ins Schaufenster.

Sie kam aus dem Schatten und stellte sich neben ihn.

Was würden Sie sagen, meine Herren, wenn Sie vor einem Bild des Girls stünden und sie plötzlich neben Ihnen auftauchen und ihren Arm bei Ihnen einhängen würde?

Die Reaktion des Mannes war unverkennbar. Ein verrückter Traum war für ihn Wahrheit geworden.

Sie sprachen kurz miteinander, dann winkte er einem Taxi, sie stiegen ein und fuhren davon.

Ich betrank mich an diesem Abend. Es war beinahe so, als habe sie gewußt, daß ich ihr folgte, und diesen Weg gewählt, um mir wehzutun. Vielleicht war es so. Vielleicht war das das Ende.

Aber am nächsten Morgen kam sie wie gewohnt, und ich war wieder im Delirium, nur mit ein paar neuen Zügen.

An dem zweiten Abend, als ich ihr folgte, wählte sie einen Platz unter einer Straßenlaterne, einem der Munsch-Girl-Plakate gegenüber.

Nach etwa zwanzig Minuten fuhr ein Kabriolett langsam an ihr vorbei, stieß zurück und hielt.

Ich stand diesmal in größerer Nähe. Ich konnte das Gesicht des Mannes deutlich sehen. Er war etwas jünger, ungefähr in meinem Alter.

Am nächsten Morgen sah ich das Gesicht auf der ersten Seite der Zeitung. Man hatte das Kabrio in einer Seitenstraße abgestellt gefunden. Er war im Wagen gewesen. Wie bei den anderen ›Vielleicht-Morden‹ war die Todesursache ungewiß.

An diesem Tag schwirrten allerhand Gedanken durch meinen Kopf, aber es gab nur zwei Dinge, die ich wirklich wußte. Ich hatte das erste Angebot von einer im ganzen Land bekannten

Werbefirma, und ich würde das Girl beim Arm nehmen und mit ihr die Treppe hinuntergehen, wenn die Arbeit beendet war.

Sie wirkte nicht überrascht.

»Sie wissen, was Sie tun?« fragte sie.

»Ich weiß es.«

Sie lächelte.

»Ich habe mich schon gefragt, wann Sie soweit sein würden.«

Ich fühlte mich gut. Ich ließ alles sausen, aber ich hatte sie in den Armen.

Es war wieder ein warmer Herbstabend. Wir gingen in den Ardleigh Park. Dort war es dunkel, aber am ganzen Himmel sah man den rosaroten Schimmer der Werbeschriften.

Wir gingen lange Zeit durch den Park. Sie sagte nichts und sah mich nicht an, aber ich konnte sehen, wie ihre Lippen zuckten, und nach einer Weile schloß sich ihre Hand fester um meinen Arm.

Wir blieben stehen. Wir waren über Gras gegangen. Sie sank auf den Boden und zog mich mit. Sie legte die Hände auf meine Schultern. Ich sah auf ihr Gesicht hinunter. Es war vom Widerschein des Leuchtens am Himmel ganz schwach gerötet. Die hungrigen Augen waren dunkle Flecken.

Ich nestelte an ihrer Bluse. Sie zog meine Hand weg, nicht so wie im Atelier.

»Das will ich nicht«, sagte sie.

Zuerst sage ich Ihnen, was ich nachher getan habe. Dann sage ich Ihnen, warum ich es getan habe. Schließlich erzähle ich Ihnen, was sie sagte.

Was ich tat, war, weglaufen. An alles erinnere ich mich nicht, weil mir schwindlig war und der rötliche Himmel hinter den dunklen Bäumen schwankte. Aber nach einer Weile wankte ich auf die beleuchtete Straße. Am nächsten Tag schloß ich das Atelier. Das Telefon läutete, als ich die Tür absperrte, und auf dem Boden lagen ungeöffnete Briefe. Ich sah das Girl leibhaftig nie mehr wieder, wenn das der richtige Ausdruck ist.

Ich tat es, weil ich nicht sterben wollte. Ich wollte nicht, daß mir das Leben ausgesogen wurde. Es gibt Vampire und Vampire, und diejenigen, die Blut saugen, sind nicht die schlimmsten. Ohne die Warnung der Schwindelanfälle und Papa Munsch und das Gesicht in der Zeitung wäre ich den Weg der anderen gegangen. Aber ich begriff, womit ich es zu tun hatte, solange es noch Zeit war, mich loszureißen. Ich begriff, daß sie, woher sie auch kam, was sie auch geformt haben mochte, die Quintessenz des Schrecklichen hinter der bunten Plakatwand ist. Sie ist das Lächeln, das einen dazu bringt, sein Geld und sein Leben wegzuwerfen. Sie ist der Blick, der einen fortlockt und fortlockt und einem dann den Tod zeigt. Sie ist das Wesen, das alles nimmt und nichts dafür gibt. Wenn Sie sich nach ihrem Gesicht auf der Plakatwand sehnen, denken Sie daran. Sie ist der Lockvogel. Sie ist der Köder. Sie ist das Girl.

Und gesagt hat sie: »Ich will dich. Ich will deine Höhepunkte. Ich will alles, das dich glücklich gemacht und das dir sehr wehgetan hat. Ich will dein erstes Mädchen. Ich will das funkelnde Fahrrad. Ich will die Prügel. Ich will die erste Kamera. Ich will Bettys Beine. Ich will den blauen Himmel voller Sterne. Ich will den Tod deiner Mutter. Ich will dein Blut auf dem Pflaster. Ich will Mildreds Mund. Ich will das erste Bild, das du verkauft hast. Ich will die Lichter von Chikago. Ich will den Gin. Ich will Gwens Hände. Ich will deine Begierde nach mir. Ich will dein Leben. Füttre mich, Baby, füttre mich.«

Der Innere Kreis

Wenn abends das Geschirr abgewaschen war, begann der Umzug von der Küche der Adlers in das Wohnzimmer der Adlers.

Angeführt wurde er von Gottfried Helmut Adler, gewöhnlich Gott genannt. Er dachte, wie sie aus einem Eßzimmer kommen sollten, ja, mit farbigen Dienstmädchen, nicht aus einer Küche. In einem großen Kognakschwenker nahm er mit, was im Shaker von den Martinis übriggeblieben war, eine farblose Flüssigkeit, verdünnt durch schmelzendes Eis, aber doch etwas stärker, als seine Frau wissen durfte. Dieser Riesendrink gehörte als regelmäßiger Teil zu Gottes genau durchdachtem Plan, den Rest des Tages durchzustehen.

›Nach der siebzehnten Stunde der Schöpfung wurde der Herr hinterlistig‹, hatte Gott es einmal im stillen ausgedrückt.

Er setzte sich in seinen ledergepolsterten Lehnsessel, öffnete mit der linken Hand den Plutarch, blickte durch die untere Hälfte seiner Bifokalgläser auf den Absatz in der Biographie Cäsars, die er vor dem Abendessen angefangen hatte, und guckte, ohne den Kopf zu bewegen, durch die obere Hälfte zur Küche.

Nach Gott kam Jane Adler, seine Frau. Sie setzte sich an ihren Zeichentisch, wo Block, Bleistifte, Messer, Klebstoff, Temperafarben, Wasser, Pinsel und Lumpen bereitlagen.

Dann kam der kleine Heinie Adler mit dem durchsichtigen Helm eines Raumfahrers, der oben ein großes Loch für die Ventilation besaß. Er ging zu seinen Sachen: einer langen, etwa kniehohen Holzkiste, mit einer kleineren darauf, an letzterer eine Spielzeug Steuerkonsole aus blauem und silbernem Kunststoff, an der sich ein einziger Hebel bewegen ließ; dann, vor der Konsole, ein hölzerner Kinderstuhl, und hinter dem Stuhl noch eine lange Holzkiste.

»Leb wohl, Mama, leb wohl, Papa«, rief Heinie. »Ich fliege mit meinem Raumschiff fort.«

»Komm aber zum Schlafen rechtzeitig zurück«, sagte seine Mutter.

»Heiße Düsen!« murmelte sein Vater.

Heinie stieg ein, berührte zweimal die Konsole und saß dann regungslos auf dem kleinen Holzstuhl und starrte vor sich hin.

Eine vierte Person kam aus der Küche ins Wohnzimmer – der Mann im schwarzen Flanellanzug. Er bewegte sich mit der kranken Ruckhaftigkeit und hatte die schlaffen, fensterkittgrauen Züge einer Gestalt der Phantasie, die nicht voll entwikkelt ist. Es gab noch eine fünfte Person im Haus, aber von ihr wußte noch nicht einmal Gott etwas.

Der Mann im schwarzen Flanellanzug machte vor Gott eine steife Handbewegung und öffnete den Mund, um mit ihm zu reden, aber letzterer formte mit den Lippen lautlos: ›Noch nicht, du Narr!‹ und wies mit dem Kopf kurz auf das Sofa gegenüber seinem Sessel.

»Gott«, sagte Jane, den Bleistift über dem Block, »du tust in letzter Zeit immer so, als würdest du mit jemand reden, der gar nicht da ist.«

»Wirklich, meine Liebe?« erwiderte ihr Mann lächelnd, während er eine Seite umblätterte, ohne den Kopf von seinem Buch zu heben. »Nun, Selbstgespräche sind der beste Schutz gegen den Wahnsinn.«

»Ich dachte, umgekehrt«, sagte Jane.

»Nein«, erklärte Gott.

Jane fragte sich, was sie zeichnen sollte, und sah, daß sie ganz schwach in kleinem Maßstab die Umrisse eines Kindes skizziert hatte, dünne Linien und Kleckse wie bei Paul Klee. Sie konnte noch einmal ein ›Kinder-Klubhaus‹ zeichnen, gewiß, aber wo sollte sie es hintun?

Die alte elektrische Uhr auf dem Kaminsims begann schrill zu keuchen. ›Mysteriös, mysteriös, mysteriös.‹ Das erschien Jane als gutes Omen für ihr Bild. Sie lächelte.

Gott trank aus seinem Glas und spürte den Biß des geruchlosen Wodka gerade stark genug, seine Haut schauderte, und das Zimmer waberte einen Augenblick angenehm, durchzuckt von Schatten. Dann richtete er die Pupillen aufwärts und sah hinüber zu dem Mann im schwarzen Flanellanzug, der anerkennenswert steif auf dem Sofa saß. Gott beteiligte sich am folgenden Gespräch, ohne einen Laut von sich zu geben oder die Lippen weiter zu öffnen als einen halben Zentimeter, nur blähte er von Zeit zu Zeit die Nasenflügel.

SCHWARZFLANELL: Wenn ich kurz Ihre Aufmerksamkeit beanspruchen darf, Mr. Adler –

GOTT: Du redest, wenn du gefragt wirst! Vergiß nicht, daß ich dich geschaffen habe.

SCHWARZFLANELL: Ich respektiere Ihren Glauben. Haben Sie Botschaften erhalten?

GOTT: Heute ist dreimal bei Aufträgen und Voranschlägen die Zahl 6669 aufgetaucht. Ich habe eine Luftpostwerbung bekommen, wo es heißt: ›Sind Sie bereit für den großen Erfolg?‹, auch wenn der Rest nichts bedeutete. Als ich den Umschlag öffnete, zeigte der Minutenzeiger meiner Schreibtischuhr auf das gesichtslose Standbild des Merkur am Commerce Building. Als ich das Büro verließ, tönte meine Sekretärin: ›Ein Vertreter des Inneren Kreises wird Sie heute abend aufsuchen‹, und als ich sie befragte, behauptete sie, gesagt zu haben: ›War der Brief an Innes-Heiß und Co. in Ordnung?‹ Weil sie meine Schwerhörigkeit kennt, konnte ich kaum aufbegehren. Jedenfalls klang es echt. Wenn das Botschaften vom Inneren Kreis gewesen sind, habe ich sie erhalten. Ich bezweifle das Vorhandensein dieser heimlichen Organisation aber ernsthaft. Andere Erklärungen erscheinen mir naheliegender, zum Beispiel, daß ich eine Psychose entwickle. Ich glaube nicht an den Inneren Kreis.

SCHWARZFLANELL, gewitzt lächelnd – seine Züge sind inzwischen sehr regelmäßig geworden, auch wenn er noch immer grau wirkt: Psychose ist etwas für schwache Gemüter. Sehen Sie, Mr. Adler, Sie glauben an die Mafia, das FBI und den kommunistischen Untergrund. Sie glauben an Führungsgremien bei Gewerkschaften, Industrie und Bruderschaften. Sie kennen den Ablauf bei Großunternehmen. Sie sind vertraut mit Industrie- und politischer Spionage. Sie sind nicht ganz ohne Kenntnisse der geheimen Gesellschaften von Munitionsfabrikanten, Finanziers, Rauschgiftsüchtigen und Zuhältern, Porno-Liebhabern und den Bruderschaften und Schwesternschaften von Sexualabweichlern und Enthusiasten. Warum stutzen Sie beim Inneren Kreis?

GOTT, kühl: Ich glaube nicht völlig an diese anderen Organisationen. Und der Innere Kreis scheint mir noch eher ein Wunschtraum zu sein als alle übrigen. Außerdem willst du vielleicht, daß ich an den Inneren Kreis glaube, damit du mich später des Wahnsinns überführen kannst.

SCHWARZFLANELL, zieht eine schwarze Aktentasche hinter seinen Beinen hervor und öffnet sie auf den Knien: Dann wollen Sie also nichts über den Inneren Kreis hören?

GOTT, unergründlich: Ich werde zunächst zuhören. Pst!

Heinie rief aufgeregt: »Ich bin bei den Sternen, Papa! Sie sind so nah, daß sie brennen!« Er sagte nichts mehr und starrte mit glitzernden Augen vor sich hin.

»Rühr sie nicht an«, warnte Jane, ohne sich umzuschauen. Ihr Bleistift zeichnete ein paar fünfzackige Sterne. Das Kinder-Klubhaus sollte an einer Grenze des Raumes sein, entschied sie – in einem Baum an der Alten Schlucht. »Gott, was sieht Heinie da wohl, außer den Sternen?«

»Engel mit Glubschaugen, vielleicht«, antwortete ihr Mann und lächelte wieder, sah aber nicht von seinem Buch auf.

SCHWARZFLANELL, auf ein Blatt schwarzes Papier blikkend, auf dem nichts steht: Der Innere Kreis ist die geheime Elite der Welt, hinter und über allen Strohmännern, Arbeitsgäulen, reichen Tölpeln und jenen talentierten Exhibitionisten, die wir Genies nennen. Den Inneren Kreis gibt es *sub rosa niger* seit Jahrtausenden. Er steuert das Leben der Menschen. Er ist das Zentrum aller großen Fähigkeiten und der Schlüssel zu allen höchsten Freuden.

GOTT, tolerant: Das hört sich recht plausibel an. Jeder glaubt halb an eine derart geheimnisvolle Machtbande, schon seit den Sumerern.

SCHWARZFLANELL: Die Zahl der Mitglieder ist klein und sehr ausgesucht. Wie Sie wissen, bin ich eine Art Talentsucher für die Gruppe. Voraussetzungen für die Aufnahme sind unter anderem eine nachgewiesene große Geschicklichkeit im

Erwirken und Ausüben von Macht über Männer und Frauen und amoralische Begierde nach dem ganzen Leben, eine wohlgewürzte Mischung von Unbarmherzigkeit und Zuverlässigkeit, dazu breites Wissen und blitzschneller Witz.

GOTT, verächtlich: Ist das alles?

SCHWARZFLANELL, tonlos: Ja. Die Aufnahme ist bindend für das ganze Leben – und für das Leben danach: eines unserer Motti ist Ferdinands Todesschrei in ›Die Herzogin von Amalfi‹: ›Ich werde nach dem Tod meinen Kredit überziehen und hohe Freuden genießen.‹ Die Strafe für die Verbreitung von Geheimnissen der Organisation ist nicht allein der Tod, sondern Auslöschung – jede Erinnerung an die Person wird aus der öffentlichen und privaten Geschichte getilgt; sein Name wird aus allen Aufzeichnungen gelöscht; jedes Wissen über ihn und Gefühl für ihn verschwindet aus den Gehirnen seiner Frauen, Freundinnen und Kinder; es ist, als habe es ihn nie gegeben. Das ist übrigens ein gutes Beispiel für die Macht des Inneren Kreises. Es wird Sie vielleicht interessieren, zu erfahren, Mr. Adler, daß als Folge der Revanchemaßnahmen des Inneren Kreises die Namen von drei britischen Königen aus der Geschichte getilgt worden sind. Diejenigen, denen es ähnlich erging, schließen drei Päpste, sieben Filmstars, einen grandiosen flämischen Maler ein, der genialer war als Rembrandt.

Inzwischen schleicht die fünfte Person herein. Gott sieht sie zunächst gar nicht, weil das Sofa zwischen Gotts Sessel und der Küchentür steht. Die fünfte Person ist der Schwarze Narr, der wie eine Karikatur von Gott aussieht, aber eine so graue Haut hat wie der Mann im schwarzen Flanellanzug. Der Schwarze Narr trägt hautenge Kleidung in dieser Farbe, silberbestickte Stiefel und Handschuhe, und eine schwarze Kapuze mit silbernen Glöckchen, die nicht klingen. Er hält ein Szepter mit einem kleinen Totenkopf in der Hand, der eine schwarze Kapuze trägt wie er, behängt mit winzigeren Silberglöckchen, lautlos wie die großen.

DER SCHWARZE NARR richtet sich plötzlich auf und sagt zu dem Mann im schwarzen Flanellanzug über dessen Schulter: Ho! Du stützt seine brüchigen Hoffnungen also immer noch mit dem Quatsch vom Inneren Kreis? Petri Heil, Bruder – du gehst mit dem Fisch geschickt um.

GOTT, völlig entgeistert, aber bemüht, sich zu beherrschen: Wer bist du? Wie kannst du es wagen, mit deinem Geschwätz an meinem Hof zu erscheinen?

DER SCHWARZE NARR: Hör dir den alten Gockel an! So, als wüßte er nicht, daß er uns beide erschaffen hat, immer wieder, um Langeweile, Wahnsinn oder Selbstmord zu vermeiden.

GOTT, entschieden: Dich habe ich nicht geschaffen.

DER SCHWARZE NARR: O doch, mein Lieber. Dein Gehirn hat nie etwas anderes hervorgebracht als Zwillinge – für jedes Gute ein Böses, für jeden Atemzug einen Furz, für jedes Schwarz ein Weiß.

GOTT bläht die Nüstern und funkelt einen Todesblick, der dem Neuankömmling wie eine träge, unsichtbare Biene entgegensummt.

DER SCHWARZE NARR wird blaß und taumelt zurück, als der Todesblick ihn trifft, schüttelt ihn aber mühsam ab und funkelt Gott erbost an: Alter Gockelvater, endlich fange ich an, dich zu hassen.

In diesem Augenblick schaltete sich der Motor des Kühlschranks in der Küche ein, und Jane erschien er wie eine Stimme, die sagte: ›Paß auf deine Kinder auf, sie sind in Gefahr.‹

›Ich bin kein Marienkäfer‹, erwiderte Jane scharf in Gedanken, verärgert über die Störung, weil ihr Bleistift die Umrisse des Klubhauses im Baum aufs Papier geworfen hatte, über dem der Mond zwischen Wolken am Nachmittagshimmel über der Schlucht aufstieg. Trotzdem sah sie zu Heinie hinüber. Er hatte sich nicht bewegt. Sie konnte sehen, wo der Plastikhelm an Hals und Schädeldach offen war, aber sie dachte trotzdem ans Ersticken.

»Heinie, bist du noch immer in den Sternen?« fragte sie.

»Nein, jetzt lande ich auf einem Mond«, rief er. »Sprich nicht mit mir, Mama, ich muß auf die Straße achten.«

Jane hätte gern gewußt, wie Straßen im Weltraum aussahen,

aber der Kühlschrank hatte gesagt ›Kinder‹, nicht ›Kind‹, und sie wußte, daß die Sprache der Maschinen mit bildlichen Ausdrücken gespickt ist. Sie sah zu Gott hinüber. Er war behaglich über sein Buch gebeugt, blätterte um und berührte mit den Lippen das Martini-Wasser. Trotzdem beschloß sie, ihn zu prüfen.

»Gott, glaubst du, daß diese Familie zu sehr in sich vertieft ist?« sagte sie. »Früher waren mehr Leute da.«

»Ach, ich glaube, wir haben noch ein paar bei uns«, erwiderte er, blickte auf das leere Sofa, darüber hinweg, und sah sie dann erwartungsvoll an, als sei er bereit, sich an jedem Gespräch zu beteiligen, das sie beginnen wollte. Aber sie lächelte ihn nur an und kehrte erleichtert zu ihren Gedanken und ihrem Bild zurück. Er lächelte ebenfalls und beugte sich über sein Buch.

SCHWARZFLANELL: Meine Hauptabsicht heute abend besteht darin, Ihnen mitzuteilen, daß der Innere Kreis ernsthaft damit beschäftigt ist, Ihre Eignung für eine Mitgliedschaft zu prüfen.

DER SCHWARZE NARR: In seinem Alter? Nach seinen Mißerfolgen? Jetzt nähern wir uns mit Knicksen der Großen Lüge!

SCHWARZFLANELL, mit gequälter Stimme: Aber! Er wendet sich wieder an Gott: Punkt Eins: Sie haben sich den Ruf eines Mannes von starkem Patriotismus erworben, von tiefer Anhänglichkeit an Ihre Firma, von realistischem Eigeninteresse, von strenger Verachtung für jeden jugendlichen Idealismus und Aufruhr. Punkt Zwei: Sie haben in Ihrem beruflichen Leben konstruktiven Haß entwickelt und bewußt Kollegen hinterrücks ausgebootet, wenn Sie konnten, aber sich mit denjenigen verbündet, die im Aufstieg begriffen waren. Punkt Drei, der wichtigste: Sie haben eine gewisse Strecke auf dem Weg zurückgelegt, die Illusion eines Mannes zu erzeugen, der geheime Informationsquellen hat, geheime neue Techniken dafür, schneller zu denken und entschiedener zu handeln als andere, der geheime Verbindungen und Kontakte besitzt – kurz, eine dunkle neue Kraft, die alle anderen mit Neid betrachten, während sie davor zurückzucken.

DER SCHWARZE NARR: Aber seitdem er seine gute Stellung verloren hat, ist er tief gesunken. National Motors war ein Schritt in die richtige Richtung, aber Hagbolt-Vincent hat keine Firmenflugzeuge, keine Firmenwohnungen, keine Firmen-Jagdhäuser, keine Firmen-Callgirls! Außerdem trinkt er zuviel. Der Innere Kreis ist nicht für Trunkenbolde auf dem absteigenden Ast.

SCHWARZFLANELL: Bitte! Sie verderben alles.

DER SCHWARZE NARR: Er ist zu verwöhnt. Sehen Sie ihn sich nur an. Augen, die Krücken brauchen für nah und fern. Ohren, die selbst die schlichteste Bemerkung mißverstehen.

GOTT: Laß mich in Ruhe, ja?

DER SCHWARZE NARR: Dicker Bauch, schlapp bei der Liebe, geschwollene Knöchel. Und den Mund voll schlechter Zähne – hast du gewußt, daß er sich schon seit fünf Jahren nicht zum Zahnarzt traut? Na, mach auf und zeig her!

Gott, über Gebühr herausgefordert, fauchte laut: »Hände weg, verdammt!« stieß das Buch nach vorn und klappte es über der Nase des Schwarzen Narren zu. Die beiden schwarzen Gestalten sanken augenblicklich zusammen.

Jane hob ihren Bleistift und sagte: »Mein Gott, Gott, was war das?«

»Nur eine Fliege, meine Liebe«, sagte er beruhigend. »Eine von den dicken Winterfliegen, die sich im Dezember verstecken und die schwarzen Wolken des Frühlings hervorbringen.« Er starrte wieder in das Buch und sagte: »Ich hab' sie nicht zerquetscht.«

Der Stuhl im Raumschiff knarrte.

»Was ist denn, Heinie?« fragte Jane.

»Ein Meteor ist explodiert, Mama. Mir ist nichts passiert. Ich bin wieder im Weltraum, mitten auf der Straße.«

Jane zeichnete Kinder, die im Baum schaukelten, weithinaus über die Schlucht unter den Sternen.

Gott trank einen Schluck Martini-Wasser, aber er kam sich einsam und impotent vor. Jane entdeckte, daß sie Fliegen in das Bild gezeichnet hatte. Sie radierte sie weg und zeichnete mehr Sterne.

»Ich wäre dafür, daß du abends wieder schreibst, Gott«, sagte sie. »Dann wäre ich nicht so schuldbewußt.«

»Ich bin ja nur noch ein dumpfer Geschäftsmann, der sich bei seiner Familie wohlfühlt«, sagte Gott. »In mir ist kein Funken Kunst.« Er sah auf dem Sofa einen schwarzen Klumpen und bildete daraus ein Mädchen.

DAS SCHWARZE MÄDCHEN: He-he! Ist das nichts, Mr. Adler? Das erstemal, daß ich bei Ihnen bin.

GOTT: Halt den Mund.

DAS SCHWARZE MÄDCHEN: Vorher gab es das nur, wenn Sie unterwegs gewesen sind, oder ein paarmal im Büro.

GOTT: Halt den Mund, sage ich! Du bist weniger als Dreck.

DAS SCHWARZE MÄDCHEN: Aber interessant, nicht? Sollen wir es vor ihr tun? Ich könnte hinüberkommen und in Ihre Kleidung fließen und –

GOTT: Noch ein Wort, und du bist gewesen! Ich reiße dich auseinander und mache dich zu einem Klumpen.

DAS SCHWARZE MÄDCHEN: Ja, und es wird Ihnen enorm Spaß machen, nicht?

Gott war über Gebühr empört und sandte zerstörende Strahlen hinüber, aber in diesem Augenblick schoß hinter dem Sofa eine Spinne hoch und griff über die Schulter des Schwarzen Mädchens, um die Strahlen wegzuwischen. Aus schwarzen Klumpen unter dem Sofa, die Gott übersehen hatte, war eine alte Vettel entstanden.

DIE SCHWARZE VETTEL: Wenn Sie einem der Mädchen was tun, Mr. Adler, kastrier ich Sie, laß Sie zusammenschrumpfen. Sie werden sie nie mehr rufen können, egal, wie weit die Reise geht, nicht einmal, wenn Sie Ihrer Frau eine Freude machen wollen.

GOTT, erschreckt, aber ohne es zu zeigen: Reg dich ab, Mutter. Flossie und ich haben uns nur geneckt.

Mit ächzendem Schrillen schaltete sich im Keller der Heizungs-Ventilator ein und sagte immer wieder: »Oh, mein Gott, mein Gott, mein Gott. Dämonen, Dämonen.« Jane hörte es ganz genau, aber sie wollte ihre Hochstimmung nicht verlieren.

»Alles in Ordnung mit euch, draußen im Weltraum, Heinie«, fragte sie und glaubte, ihn nicken zu sehen. Sie bemalte das Klubhaus im Baum – blaues Dach, rote Wände, ein wenig wie bei Chagall.

DIE SCHWARZE VETTEL: Wohlgemerkt, Mr. Adler, wir gehören nicht Ihnen, sondern Sie uns. Weil Sie die Mädels brauchen fürs Leben, sind Sie ihr Sklave.

DAS SCHWARZE MÄDCHEN: He-he! Soll ich Susie und Belle rufen? Sie sind auch noch nie hiergewesen und hätten Spaß dran.

DIE SCHWARZE VETTEL: Später, wenn er demütig ist. Verstehst du mich, Sklave? Wenn ich dir sage, daß deine Frau für die Mädels Essen kochen oder ihnen die Füße waschen oder zusehen muß, wie du mit ihnen schmust, dann hast du das zu tun. Und dein Kleiner muß uns den Boten machen. Komm jetzt her und setz dich zu Flossie, damit ich dich mit Trockeneis brandmarken kann.

Gott bebte, denn die Arme der Vettel streckten sich ihm entgegen und wurden immer länger wie Schlangen. Er begann zu schwitzen und murmelte: »Gott im Himmel«, und der Geruch der Angst strömte von ihm aus an die Wände – Millionen stinkender Moleküle.

Jane bemerkte das Murmeln und den Angsthauch auch, aber sie bemalte die Klubhausfenster mit sattem Gelb und sagte mit ziemlich lauter, glücklicher Stimme nur: »Ich glaube, der Himmel ist wie ein Kinder-Klubhaus. Die einzigen Leute dort sind die, an die man sich aus der Kindheit erinnert – entweder, weil man in der Kindheit mit ihnen zusammen war, oder weil sie einem ehrlich von ihrer Kindheit erzählt haben. Die *wirklichen* Leute.«

Bei dem Wort ›wirklich‹ erstickten die Schwarze Vettel und das Schwarze Mädchen, krümmten sich und schmolzen wie eine dünne und eine dickere Kerze über einem brausenden Feuer.

Heinie wendete mit seinem Raumschiff und lenkte es tapfer durch die sternlose Dunkelheit nach Hause, der geisterhaften weißen Linie folgend, mit der die Straßenmitte markiert war.

Jane legte den Pinsel weg und griff wieder nach dem Bleistift. Sie hatte bemerkt, daß die beiden am weitesten hinausschwingenden Kinder noch nicht an ihren Schaukeln festsaßen. Sie wollte sie einhaken und zögerte. War es nicht bei manchen Kindern richtig, daß sie zu den Sternen hinausflogen? Wäre es für eine Abendwelt – vielleicht für den Spätnachmittagsmond – nicht schön, einen Regen von kleinen Kindern zu erleben?

»Gott«, sagte sie, »warum schreibst du nicht wenigstens die letzte Geschichte fertig, die du angefangen hast? Die vom Elefantengrab.« Dann wünschte sie sich, daß sie das nicht erwähnt hätte, weil Heinie bei der Vorstellung Angst empfunden hatte.

»Eines Tages«, murmelte ihr Mann, glaubte Jane.

Gott fühlte sich schwach vor Erleichterung, auch wenn er vergaß, warum. Er trank den Rest des Martini-Wassers. Unten war es immer stärker. Er blickte durch den unteren Teil der Bifokalbrille und sah für einen Augenblick das Wort ›Cäsar‹ in riesigen Buchstaben anschwellen, dann sah er durch den oberen Teil der Brille und bemerkte den langen, dicken schwarzen Klumpen auf dem Sofa, griff danach und formte den Alten Philosophen in der Schwarzen Toga, stets leicht zu bilden, weil er nur grobe Züge trug, wie bei Rodin oder Daumier.

Die weiße Linie im Weltraum wollte verblassen. Heinie lenkte sein Schiff näher heran.

Janes Bleistift schwebte über den schaukellosen Kindern. Eines hatte ein Bein über den Mond geworfen.

DER PHILOSOPH: Das Thema für das heutige Symposion ist der riesige Behälter für alles, der leere Raum.

GOTT, herablassend: Der leere Raum? Das ist interessant. In letzter Zeit wollte ich darin aufgehen. Das Leben ermüdet mich.

Ein lächelnd stumpfer schwarzer Schädel, so grob geformt wie der des Philosophen, blickte über dessen Schulter und schob sich dann auf einem wackligen Knochengerüst höher.

DER TOD, ruhig: Wirklich?

GOTT, zutiefst betroffen: Ich habe heute eine Manie für Schwarz. Nicht einmal ein weißes Skelett gelingt mir. Zerfallt, ihr beiden. Ihr langweilt mich fast so sehr wie das Leben.

DER TOD: Wirklich? Wenn du nicht wie eine Saugschnecke

am Leben hängtest, wärst du bewußt mit dem Auto verunglückt, um deiner Frau und dem Sohn die Versicherungssumme zu verschaffen, als National Motors dich gekündigt hat. Das hattest du vor, weißt du noch?

GOTT, mit hysterischer Ruhe: Vielleicht hätte ich dich in Messing oder Aluminium gießen sollen. Dann würdest du wenigstens die Umgebung erhellen. Aber jetzt ist es zu spät. Zerfall sofort und laß keine Reste liegen.

DER TOD: Viel zu spät. Ja, du wolltest verunglücken, damit deine Lieben die doppelte Summe bekämen. Du hattest dir die Stelle ausgesucht, aber dein Mut ließ dich im Stich.

GOTT: Ich will dir nur sagen, daß ich nicht nur Gottfried bin, sondern auch Helmuth – Höllen-Mut Adler!

DER PHILOSOPH: Ein bramarbasierender Beiname.

DER TOD: Der Höllenmut hat dich am Rand der Schlucht verlassen. Willst du jetzt sterben?

GOTT: Der Feigling stirbt viele Male, der Mutige nur einmal. Cäsar.

DER TOD, eine Stimme in der Dunkelheit: Feigling. Trotzdem rufst du mich – und obgleich du mich schlecht geformt hast, bin ich doch der Tod – und es gibt andere neben dir, die lange Reisen machen. Noch längere. Reisen in die Leere.

DER PHILOSOPH: Ah, ja, die Leere. Imprimis –

DER TOD: Stille.

In der großen, gehorsamen Stille hörte Gott das langsame Klicken der Füße des Todes, als er hinter dem Sofa hervortrat, auf Heinies Raumschiff zu. Gott griff im Dunkeln empor und klammerte sich an seinen Verstand.

Jane hörte das Klicken auch. Es war die Küchentür, die tickte: ›Jetzt. Jetzt. Jetzt.‹

Plötzlich rief Heinie: »Die Linie ist fort. Papa, Mama, ich hab' mich verirrt.«

»Nein, Heinie«, sagte Jane scharf. »Komm sofort aus dem Weltraum zurück.«

»Ich bin nicht mehr im Weltraum. Ich bin im Katzengrab.«

Jane sagte sich, es sei unsinnig, soviel Angst zu empfinden.

»Komm auf jeden Fall zurück, Heinie«, sagte sie ruhig.

»Ich bin verirrt, Papa«, rief Heinie. »Ich kann Mama nicht mehr hören.«

»Hör auf deine Mutter, Sohn«, sagte Gott heiser und tastete in der Dunkelheit nach anderen Worten.

»Alle Mamas und Papas in der Welt sterben«, klagte Heinie.

Dann kamen die Worte zu Gott, und er sagte klingend: »Laufen deine Atomgeneratoren, Heinie? Ist der Raumkrümmer in Aktion?«

»Ja, Papa, aber die Linie ist fort.«

»Vergiß sie. Ich habe dich im Sub-Raum geortet und steuere dich nach Hause. Dreh zwei Einheiten nach rechts und drei vertikal. Feuern, wenn ich das Signal gebe. Bereit?«

»Ja, Papa.«

»Roger. Drei, zwei, eins, Zündung, und los! Weich dem Kometen aus! Links um diesen Planeten! Laß die große Staubwolke! Nach Hause auf dem dritten Leitstrahl. Jetzt!«

Gott hatte den Plutarch fallen lassen und war blindlings durch das Zimmer gewankt, und als er das letzte ›Jetzt!‹ ausstieß, klarte die Dunkelheit auf, und er riß Heinie von seinem Raumstuhl und wankte mit ihm gegen Jane und hielt sich dort fest, ohne ihre Farben durcheinanderzubringen, und sie sagte lachend: »Du hast das Martini-Wasser wieder stärker gemacht«, und Heinie riß den Helm herunter und krähte: »Fest drücken«, und sie klammerten sich aneinander und blickten auf das halbfertige Bild, wo ein Kinder-Klubhaus in einem Baum über einer tiefen Schlucht hing und Kinder vor dem kühlen Perlmond hinausschwangen zu den geschlängelten Straßen im Weltraum, und das vorletzte Kind hielt sich mit einer Hand an der Schaukel fest, und das letzte fing das letzte Kind mit der Hand auf, während aus der linken unteren Ecke des Bildes eine dicke, schwarze Fliege neidvoll zusah.

Gottfried Helmuth Adler suchte mit den Augen, als das Zimmer ins Gleichgewicht zurückkehrte, und sah durch den Spalt zwischen den Scharnieren der offenen Küchentür den Tod hereingucken.

Mühsam, beinahe wieder das Bewußtsein verlierend, zeigte Gott ihm eine verächtliche Grimasse.

Faszinierende Elektrizität

Als Mr. Scott Mr. Leverett Haus Peak zeigte, hoffte er, daß er den Hochspannungsmast vor dem Schlafzimmerfenster nicht bemerken würde, weil er schon zweimal aussichtsreiche Mietverträge zu Fall gebracht hatte – so viele ältere Leute standen der Elektrizität unnötig nervös gegenüber. Man konnte gegen den Mast nichts tun als zu versuchen, mögliche Mieter abzulenken – der Strom folgt den Hügeln, und diese Leitungen lieferten mehr als die Hälfte des Stroms für Pacific Knolls.

Aber Mr. Scotts Gebete und geschickte Hinweise waren umsonst – Mr. Leveretts scharfes Auge erfaßte das ›negative Merkmal‹ sofort, als sie auf den Innenhof hinaustraten. Der alte Neu-Engländer betrachtete den kurzen Holzmast, die Glasisolatoren, den schwarzen Transformatorenkasten, der die Spannung für dieses Haus und ein paar andere tiefer am Hang reduzierte. Sein Blick folgte den schweren Drähten, die zu viert nebeneinander rhythmisch über die leeren graugrünen Hügel hinabschwangen. Dann legte er den Kopf auf die Seite, als seine Ohren das leise, aber stetige Summen wahrnahmen.

»Hören Sie sich das an!« sagte Mr. Leverett erregt. »Mindestens fünfzigtausend Volt! Enorm!«

»Müssen heute die ungewöhnlichen Wetterbedingungen sein – normal hört man keinen Laut«, erwiderte Mr. Scott leichthin, die Wahrheit ein bißchen verdrehend.

»Was Sie nicht sagen?« meinte Mr. Leverett mit trockener Stimme.

»Achten Sie auf diesen Rasen«, sagte Mr. Scott. »Als der Golfplatz aufgeteilt wurde, kaufte der frühere Besitzer von Haus Peak das ganze achtzehnte Grün und –«

Für den Rest der Besichtigung gab sich Mr. Scott alle Mühe, aber Mr. Leverett schien nicht genau zuzuhören. In seinem Innern gab sich Mr. Scott bereits wieder einmal geschlagen.

Auf dem Rückweg bestand Mr. Leverett aber darauf, noch etwas im Innenhof zu verweilen.

»Hält nach wie vor an«, meinte er seltsam befriedigt zu dem Summen. »Wissen Sie, Mr. Scott, für mich ist das ein beruhigendes Geräusch. Wie der Wind oder ein Bach oder das Meer. Ich hasse das Rattern von Maschinen – auch ein Grund, warum ich aus Neu-England weggegangen bin – aber das klingt nach Natur. Wirklich beruhigend. Aber Sie sagen, man hört es selten?«

Mr. Scott war flexibel – das gehörte zu seinen Talenten als Verkäufer.

»Mr. Leverett«, gestand er schlicht, »ich bin noch nie hiergestanden, ohne es zu hören. Manchmal ist es leiser, manchmal lauter, aber hören kann man es immer. Ich spiele es aber herunter, weil die meisten Leute es nicht mögen.«

»Kann ich verstehen«, sagte Mr. Leverett. »Die meisten Leute sind Narren oder Schlimmeres. Mr. Scott, sind irgendwelche Leute in den Nachbarhäusern Kommunisten?«

»Nein, Sir!« antwortete Mr. Scott sofort. »Es gibt in ganz Pacific Knolls keinen Kommunisten. Und in diesem Punkt würde ich nie von der Wahrheit abweichen, glauben Sie mir.«

»Glaube ich Ihnen«, sagte Leverett. »Im Osten gibt es fast nur Kommunisten. Hier scheinen sie seltener zu sein. Mr. Scott, Sie haben ein Geschäft gemacht. Ich nehme das Haus, wie besichtigt, und zu dem erwähnten Preis.«

»Handschlag darauf!« dröhnte Mr. Scott. »Mr. Leverett, Sie sind der Typ von Mensch, den Pacific Knolls braucht.«

Sie besiegelten es mit Handschlag. Mr. Leverett wippte auf den Absätzen und lächelte befriedigt zu den summenden Drähten hinauf.

»Faszinierende Erscheinung, die Elektrizität«, meinte er. »Es gibt fast nichts, was sie nicht kann, und was man mit ihr nicht kann. Wenn jemand, zum Beispiel, in einem eleganten Blitz fortwollte, brauchte er nur den Rasen schön zu befeuchten, acht Meter schweren Kupferdraht in beide Hände zu nehmen und das andere Ende hier über die Leitung zu werfen. Peng! Genauso gut wie in Sing Sing, und für die inneren Bedürfnisse eines Menschen viel befriedigender.«

Mr. Scotts Herz wurde für kurze Zeit ganz schwer, und einen verrückten Augenblick lang überlegte er gar, ob er die Abmachung rückgängig machen sollte, aber dann fiel ihm ein, daß Süd-Kalifornien die Heimat der Verrückten ist.

»Sie machen sich jetzt Gedanken, ob ich ein Selbstmörder bin, nicht wahr?« sagte Mr. Leverett. »Nicht nötig. Ich hänge nur meinen Gedanken nach. Ich spreche sie auch aus, so absurd sie sein mögen.«

Mr. Scotts letzte Befürchtungen schmolzen dahin, und er war wieder ganz er selbst, als er Mr. Leverett einlud, in seinem Büro die Dokumente zu unterzeichnen.

Drei Tage später kam er vorbei, um zu sehen, wie es dem neuen Mieter ging. Er saß in einem alten Schaukelstuhl im Innenhof unter dem summenden Mast.

»Nehmen Sie Platz«, sagte Mr. Leverett und deutete auf einen modernen Stahlrohrstuhl. »Mr. Scott, ich möchte Ihnen sagen, daß mir Haus Peak soviel Frieden bringt, wie ich erhofft hatte. Ich höre der Elektrizität zu und lasse meine Gedanken schweifen. Manchmal höre ich Stimmen in der Elektrizität – die Drähte reden, wie man so sagt. Sie haben von Leuten gehört, die Stimmen im Wind hören?«

»Ja, gewiß«, gab Mr. Scott unsicher zu. »Aber Windgeräusche verändern sich stark. Das Summen ist ziemlich eintönig.«

»Ach was«, sagte Mr. Leverett lächelnd. »Bienen sind hochintelligente Insekten, Entomologen behaupten sogar, sie hätten eine Sprache, aber sie summen auch nur. Ich höre Stimmen in der Elektrizität.« Er schaukelte eine Weile schweigend. »Ja, ich höre Stimmen in ihr«, fuhr er dann verträumt fort. »Die Elektrizität sagt mir, wie sie durch die neunundvierzig Staaten streicht – sogar durch den fünfzigsten, über kanadische Leitungen. Heutzutage kommt der Strom überallhin – in unsere Häuser, in jedes Zimmer, in Büros, in Behörden und Militäranlagen. Und was er so nicht erfährt, hört er durch die Spuren in unseren Telefonleitungen und in den Luftwellen. Fernsprechelektrizität ist die kleine Schwester, sozusagen, und kleine Krüge haben große Ohren. Ja, die Elektrizität weiß alles über uns, sogar unser letztes Geheimnis. Nur käme sie nicht darauf, den meisten Leuten zu erzählen, was sie weiß, weil sie glauben, die Elektrizität sei eine kalte, mechanische Kraft. Das stimmt nicht – sie ist warm und pulsierend, empfindsam und freundlich, wie jedes andere Lebende.«

Mr. Scott fühlte sich auch ein wenig verträumt und dachte, wie gut das für die Werbung zu verwenden wäre.

»Und eine Spur von Bösartigkeit hat sie auch«, fuhr Mr. Leverett fort. »Man muß sie zähmen. Ihre Art kennen, ehrlich sein, keine Angst zeigen, sich mit ihr anfreunden. Nun, Mr. Scott«, sagte er und stand auf. »Ich weiß, Sie sind hergekommen, um nachzusehen, wie ich für Haus Peak sorge. Diesmal will *ich* Sie herumführen.« Und trotz der Proteste von Mr. Scott, daß er keineswegs an dergleichen gedacht habe, tat Mr. Leverett genau das.

Einmal blieb er stehen und erläuterte: »Die Heizdecke und den Toaster habe ich weggeräumt. Finde es nicht richtig, Elektrizität für Hilfstätigkeiten zu verwenden.«

Soviel Mr. Scott sehen konnte, hatte er zur Einrichtung nichts hinzugefügt, außer dem Schaukelstuhl und einer großen Sammlung indianischer Pfeilspitzen.

Die letzteren mußte Mr. Scott erwähnt haben, als er heimkam, denn eine Woche später sagte sein neunjähriger Sohn zu ihm: »He, Paps, du kennst doch den Alten, dem du Haus Peak aufgeladen hast?«

»Vermietet, heißt das, Bobby.«

»Na, ich hab' mir seine Pfeilspitzen angesehen. Paps, der Mann ist ein Schlangenbeschwörer!«

Guter Gott, dachte Mr. Scott, ich wußte doch, daß mit Leverett irgend etwas nicht stimmt. Wahrscheinlich zieht er Hügel vor, weil sie bei heißem Wetter Schlangen anziehen.

»Er hat aber keine richtige Schlange beschworen, Paps, nur ein altes Kabel. Er kauerte auf dem Boden, nachdem er mir die Pfeilspitzen gezeigt hatte, und wedelte mit den Händen herum, und auf einmal bewegte sich das Ende mit dem kleinen Kasten über den Boden und dann hob es sich, wie eine Kobra im Korb. Das war richtig unheimlich!«

»Diesen Trick habe ich schon gesehen«, erklärte Mr. Scott. »Am Ende des Kabels ist ein dünner Faden, mit dem es hochgezogen wird.«

»Den hätte ich gesehen, Paps.«

»Nicht, wenn er von derselben Farbe ist wie der Hintergrund«, erklärte Mr. Scott. Dann fiel ihm etwas ein. »War übrigens das andere Ende in der Steckdose, Bobby?«

»Ja, Paps. Er sagte, es ginge nicht, wenn kein Strom im Kabel sei. Er ist in Wirklichkeit ein Elektrizitäts-Beschwörer, Paps. Ich habe nur Schlangenbeschwörer gesagt, weil das aufregender klingt. Danach sind wir hinausgegangen, und er hat Elektrizität aus der Hochspannungsleitung beschworen und sie über seinen ganzen Körper kriechen lassen. Man konnte es genau sehen.«

»Aber wie war das möglich?« sagte Mr. Scott gepreßt.

»Da standen übrigens seine Haare zu Berg, Paps. Zuerst auf der einen Kopfseite, dann auf der anderen. Dann sagte er: ›Elektrizität, kriech an meiner Brust herunter‹, und ein seidenes Taschentuch, das aus seiner Brusttasche hing, stand steif auf. Paps, es war fast so toll wie im Museum für Naturwissenschaften!«

Am nächsten Tag fuhr Mr. Scott beim Haus Peak vorbei, konnte aber seine Fragen nicht stellen, denn Mr. Leverett begrüßte ihn mit den Worten: »Ihr Junge hat Ihnen wohl von der kleinen Zauberschau erzählt, die ich gestern dargeboten habe. Ich mag Kinder, Mr. Scott. Brave republikanische Kinder wie das Ihre, heißt das.«

»Hm, ja, das hat er getan«, gestand Mr. Scott entwaffnet.

»Ich habe ihm natürlich nur die einfachsten Dinge gezeigt.«

»Gewiß«, sagte Mr. Scott. »Sie müssen wohl einen dünnen Faden verwendet haben, um das Kabel tanzen zu lassen.«

»Sie wissen ja über alles Bescheid«, sagte der andere mit glitzernden Augen. »Aber kommen Sie mit in den Innenhof und setzen Sie sich.«

Das Summen war an diesem Tag sehr laut, aber nach einer Weile mußte Mr. Scott zugeben, daß es wirklich ein friedliches

Geräusch war. Und es war vielfältiger, als er vermutet hatte – ansteigendes Knistern, verklingendes Zischen, Summen, Klikken, Seufzen. Wenn man lange genug zuhörte, würde man wohl auch Stimmen wahrnehmen.

Mr. Leverett schaukelte lautlos und sagte: »Die Elektrizität erzählt mir alles von der Arbeit, die sie leistet, und von dem Spaß, den sie hat – Tanzen, Singen, große Konzerte, Reisen zu den Sternen, Läufe, gegen die Raketen wie Schnecken erscheinen. Und auch Sorgen. Sie wissen von dem Stromausfall in New York? Die Elektrizität hat mir den Grund gesagt. Ein paar von ihren Leuten sind verrückt geworden – Überarbeitung, nehme ich an – und einfach erstarrt. Es dauerte eine Weile, bis sie von außerhalb New Yorks andere herholen und die Verrückten heilen konnten, damit sie wieder durch das große Kupfergeflecht strömten. Die Elektrizität sagt mir, sie befürchtet, daß es in Chikago und San Francisco ähnlich sein wird. Der Druck ist zu groß.

Der Elektrizität macht es nichts aus für uns zu arbeiten. Sie ist großzügig und hat Spaß an der Arbeit. Aber sie wäre für ein bißchen mehr Rücksicht dankbar – dafür, daß man ihre besonderen Probleme anerkennt.

Sie hat es nämlich mit ihren wilden Brüdern zu tun, wissen Sie – der wilden Elektrizität, die in Gewittern tobt und die Berggipfel heimsucht und herunterkommt, um zu jagen und zu töten. Nicht zivilisiert wie die Elektrizität in den Leitungen, obwohl sie es eines Tages auch sein wird.

Denn die zivilisierte Elektrizität ist eine große Lehrerin. Sie zeigt uns, wie wir sauber und in Einheit und Bruderliebe leben können. Wenn an einem Ort der Strom ausfällt, stürmt die Elektrizität von überallher, um das auszugleichen. Sie bedient Georgia genau so wie Vermont, Los Angeles wie Boston. Sie ist auch patriotisch – ihre größten Geheimnisse hat sie nur echten Amerikanern wie Edison und Franklin anvertraut.«

Mr. Scott fühlte sich recht wohl, als er den Hügel hinunterfuhr, auch wenn er Bobby dann doch aufforderte, Mr. Leverett nicht mehr zu belästigen.

Aber das Verbot galt nicht für ihn selbst. In den folgenden

Monaten kam Mr. Scott regelmäßig bei Leverett vorbei, um sich etwas ›elektrische Weisheit‹ zu Gemüte zu führen.

Gelegentlich entdeckte Mr. Scott amüsante Nebenwirkungen von Mr. Leveretts Exzentrizität. Er vergaß zwar manchmal, Gas und Wasser zu bezahlen, aber die Rechnungen für Telefon und Strom wurden stets sofort beglichen.

Und die Zeitungen berichteten schließlich von kurzen, aber schweren Stromausfällen in Chikago und San Francisco. Mr. Scott lächelte ein wenig über diese Zufälle.

Nur einmal kehrte ein Hauch des Schrecklichen zurück.

»Erinnern Sie sich, was ich mal vom Hinaufwerfen eines Kupferdrahts gesagt habe?« meinte Mr. Leverett lachend. »Mir ist etwas Einfacheres eingefallen. Man braucht den Wasserstrahl aus dem Schlauch nur fest auf die Leitung zu richten und die Metalldüse zu umklammern. Am besten vielleicht heißes Wasser und vorher eine Packung Salz in das Heizgerät.« Als Mr. Scott das hörte, war er froh darüber, Bobby ferngehalten zu haben.

Aber die meiste Zeit war Mr. Leverett ruhig und zufrieden.

Als sich das änderte, geschah es ganz plötzlich. Bei seinem nächsten Besuch nahm Mr. Scott einen großen Wandel wahr. Mr. Leverett hatte seinen Schaukelstuhl verlassen und ging an der vom Mast entfernten Seite des Innenhofs hin und her, blickte aber von Zeit zu Zeit über die Schulter auf die murmelnden Drähte.

»Freut mich, Sie zu sehen, Mr. Scott. Ich bin ganz durcheinander. Ich erzähle es lieber jemandem, damit man dem FBI Bescheid sagen kann, falls mir etwas zustößt. Ich weiß aber nicht, was *sie* tun können.

Die Elektrizität hat mir heute früh gesagt, daß sie eine Weltregierung hat – sie besaß die Nerven, so etwas zu behaupten – und daß es ihr egal ist, was mit uns und den Russen sei, und in unseren Leitungen sei russische Elektrizität und in den russischen amerikanische – sie strömt ohne jede Scham hin und her.

Als ich das hörte, hätten Sie mich mit einer Feder umhauen können.

Mehr noch, die Elektrizität ist entschlossen, jeden großen

Krieg zu verhindern, der kommen könnte, egal, wie berechtigt er ist, oder wie dringend Amerika verteidigt werden muß. Wenn die Knöpfe für die Atomraketen gedrückt werden, wird die Elektrizität erstarren und sich nicht rühren. Und sie wird hinausschießen und jeden töten, der sie auf andere Weise auslösen will.

Ich habe die Elektrizität angefleht und ihr gesagt, ich hätte sie immer für amerikanisch und echt gehalten, sie an Franklin und Edison erinnert, und ihr schließlich befohlen, sich zu ändern und anständig zu sein, aber sie kicherte nur ohne einen Funken Liebe oder Treue.

Dann drohte sie mir sogar! Sie sagte mir, wenn ich versuchen sollte, sie aufzuhalten, wenn ich ihre Pläne verriete, würde sie ihre wilden Brüder aus dem Gebirge holen und mit ihrer Hilfe mich suchen und umbringen! Mr. Scott, ich bin hier oben ganz allein, die Elektrizität an meinem Fensterbrett. Was soll ich nur tun?«

Mr. Scott hatte erhebliche Mühe, Mr. Leverett soweit zu beruhigen, daß er den Rückzug antreten konnte. Er mußte schließlich versprechen, am nächsten Morgen ganz früh wiederzukommen – wobei er sich im stillen vornahm, das auf keinen Fall zu tun.

Seine Aufgabe wurde nicht leichter, als die Elektrizität über ihm, an diesem Tag besonders laut, aufbrummte, Mr. Leverett sich umdrehte und rauh sagte: »Ja, ich höre!«

In dieser Nacht gab es im Gebiet von Los Angeles eines der seltenen Gewitter, begleitet von Stürmen und Regengüssen. Palmen und Tannen und Eukalyptusbäume wurden umgeworfen, Hänge brachen, und die großen Ablaufkanäle waren randvoll.

Am schlimmsten waren die Blitze. Viele Leute riefen bei der Zivilverteidigung an, weil sie befürchteten, ein Atomangriff habe begonnen.

Es gab zahlreiche Unfälle. Zum Schauplatz von einem wurde Mr. Scott am nächsten Morgen ganz früh von der Polizei gerufen, weil er sich auf einem von ihm vermieteten Besitz zugetragen hatte, und weil man wußte, daß er allein den Verstorbenen gekannt hatte.

In der Nacht zuvor war Mr. Scott auf dem Höhepunkt des Unwetters erwacht, bei Donner und furchtbaren Blitzen. Es war ihm eingefallen, was Mr. Leverett von den Drohungen der Elektrizität gesagt hatte. Aber jetzt, am hellen Morgen, beschloß er, der Polizei davon nichts zu sagen, auch nichts von Mr. Leveretts seltsamen Ansichten.

Mr. Scott sah den Schauplatz des Unfalles, bevor etwas entfernt worden war, selbst die Leiche – nur floß natürlich in dem dicken, verwitterten Draht, der fest um die hageren Schenkel gewunden war, kein Strom mehr.

Polizei und Techniker rekonstruierten den Unfall so: Auf dem Höhepunkt des Unwetters war eine der Hochspannungsleitungen dreißig Meter vom Haus entfernt gerissen, der Draht war durch die Spannung und den Wind in das offene Fenster von Haus Peak geschnellt und hatte sich um die Beine von Mr. Leverett gewunden, der vermutlich zu diesem Zeitpunkt auf den Füßen gewesen war, um augenblicklich seinen Tod herbeizuführen.

Man mußte sich jedoch anstrengen, um die zusätzlichen Tatsachen mit der Theorie zu vereinbaren: die Tatsache, daß der Hochspannungsdraht nicht nur durch das Schlafzimmerfenster geschnellt war, sondern auch durch die Schlafzimmertür, um den alten Mann im Flur zu erwischen, und daß das schwarze Kabel des Telefons wie eine Ranke zweimal um den rechten Arm des Alten gewickelt war, wie um ihn an der Flucht zu hindern, bis der Hochspannungsdraht ihn treffen konnte.

Das Nest

Pa hatte mich hinausgeschickt um einen zusätzlichen Eimer Luft. Ich hatte ihn fast gefüllt, und die Wärme war fast ganz aus meinen Fingern geströmt, als ich das Ding sah.

Zuerst dachte ich, es sei eine junge Dame. Ja, das Gesicht einer schönen jungen Dame, im Dunkeln leuchtend, das mich vom vierten Stock der Wohnung gegenüber ansah, was hier das Stockwerk knapp über der weißen Decke gefrorener Luft vier Etagen dick ist. Ich hatte vorher noch nie eine lebendige junge Dame gesehen, außer in alten Zeitschriften – meine Schwester ist noch klein, und Ma ist sehr krank und elend – und ich zuckte so zusammen, daß ich den Eimer fallen ließ. Wer hätte das nicht getan, wenn man weiß, daß alle Leute auf der Erde tot sind, außer Pa und Ma und meiner Schwester und mir?

Trotzdem hätte ich eigentlich nicht verwundert sein sollen. Wir sehen alle ab und zu etwas. Ma sieht ziemlich schlimme Dinge, so, wie ihre Augen hervorquellen, obwohl man nichts sieht, und wie sie schreit und schreit und sich in die Decken rund um das Nest hineindrückt. Pa meint, es sei natürlich, daß wir manchmal so reagieren.

Als ich den Eimer aufgehoben hatte und wieder hinübersehen konnte, begriff ich, wie Ma bei solchen Gelegenheiten zumute sein mußte, denn ich sah, daß es gar keine junge Dame war, sondern nur ein Licht – ein winziges Licht, das verstohlen von Fenster zu Fenster glitt, so, als sei einer der kleinen grausamen Sterne vom luftleeren Himmel heruntergekommen, um nachzuschauen, warum die Erde sich von der Sonne entfernt hat, und vielleicht etwas zu quälen oder zu erschrecken, weil die Erde den Schutz der Sonne nicht mehr hatte.

Der Gedanke ängstigte mich nicht wenig. Ich stand zitternd da und erfror mir fast die Beine, und mein Helm beschlug sich innen so mit Frost, daß ich das Licht nicht einmal hätte sehen können, wenn es aus dem Fenster drüben herübergekommen wäre, um mich zu holen. Dann hatte ich soviel Verstand, ins Innere zurückzukehren.

Bald tastete ich mich auf dem vertrauten Weg durch die über dreißig Decken und Teppiche und gummiartigen Platten, die Pa aufgehängt und überall versteift hatte, um das Entweichen der Luft aus dem Nest aufzuhalten, und ich hatte nicht mehr solche Angst. Ich hörte das Ticken der Uhren im Nest und wußte, daß ich in die Luft zurückkam, weil draußen im Vakuum natürlich kein Laut zu hören ist. Aber in mir war noch immer alles durcheinander, als ich mich durch die letzten Decken zwängte – Pa hat sie mit Aluminiumfolie überzogen, damit sie die Wärme halten – und das Nest erreichte.

Ich will Ihnen vom Nest erzählen. Es ist niedrig und behaglich, gerade genug Platz für uns vier und unsere Sachen. Der Boden ist mit dicken, wolligen Teppichen bedeckt. Drei Seiten bestehen aus Decken, und Pa streift mit dem Kopf die Decken, die das Dach bilden. Er hat mir gesagt, es sei in einem viel größeren Raum, aber die richtigen Wände oder die Decke habe ich nie gesehen.

An einer Wand aus Decken steht ein großes Regal mit Werkzeug und Büchern und dergleichen, ganz oben eine lange Reihe von Uhren. Pa achtet besonders darauf, daß sie immer laufen. Er sagt, wir dürften die Zeit nie vergessen, und ohne Sonne und Mond fiele das sehr leicht.

Die vierte Wand ist überall mit Decken ausgekleidet, mit Ausnahme der Feuerstelle, wo ein Feuer brennt, das nie ausgehen darf. Es verhindert, daß wir erfrieren, und leistet noch vieles mehr. Einer von uns muß immer darauf achten. Manche Uhren sind Wecker, und wir stellen sie, damit sie uns aufmerksam machen. Zu Anfang konnten sich nur Ma und Pa abwechseln – daran denke ich, wenn sie schwierig ist – aber jetzt kann ich helfen und Sis auch.

Es ist Pa, der vor allem auf das Feuer achtet. Ich sehe ihn immer so vor mir: ein hochgewachsener Mann im Schneidersitz, sorgenvoll ins Feuer blickend, das Gesicht mit den Falten mit einem goldenen Schimmer überzogen, und immer wieder ein

Stück Kohle von dem großen Haufen nachlegend. Pa sagt mir, in der alten Zeit habe es manchmal Wächter des Feuers gegeben – Vestalinnen, nennt er sie – obwohl damals ungefrorene Luft und auch eine Sonne da war und man eigentlich gar kein Feuer brauchte.

Er saß auch jetzt so da, stand aber schnell auf, um mir den Eimer abzunehmen und zu schimpfen, weil ich so lange gebraucht hatte – er hatte meinen gefrorenen Helm gleich bemerkt. Das weckte Ma, und sie ging auch auf mich los. Sie versucht immer, ihre Gefühle loszuwerden, meint Pa. Er brachte sie schnell zum Schweigen. Meine Schwester nörgelte auch mit.

Pa schlug ein Tuch um den Eimer. Seit er im Nest war, konnte man seine Kälte wirklich fühlen. Er schien aus allem die Wärme herauszusaugen. Sogar die Flammen wichen davor zurück, als Pa ihn ans Feuer stellte.

Dabei ist es das funkelnde blau-weiße Zeug im Eimer, das uns am Leben erhält. Es schmilzt langsam und verschwindet und macht das Nest frisch und nährt das Feuer. Die Decken hindern es daran, daß es zu schnell entweicht. Pa würde gern das Ganze abdichten, aber das geht nicht – das Gebäude ist durch Erdbeben zu sehr verkrümmt, und außerdem muß er den Kamin für den Rauch offenhalten. Aber der Kamin hat Dinge in sich, die Pa Ablenkplatten nennt, damit die Luft nicht so schnell entweicht.

Pa sagt, die Luft bestehe aus winzigen Molekülen, die sofort entwischen, wenn nichts sie aufhält. Wir müssen sehr darauf achten, daß die Luft nicht zu wenig wird. Pa hat immer eine große Reserve in Kübeln hinter den ersten Decken, zusammen mit zusätzlicher Kohle und Dosennahrung und Flaschen mit Vitaminen und dergleichen, wie Eimer voll Schnee, aus denen man Wasser machen kann. Wir müssen dazu zum untersten Stockwerk hinunter, was ein unangenehmer Ausflug ist, und durch eine Tür ins Freie treten.

Sehen Sie, als die Erde erkaltete, gefror zuerst das ganze Wasser in der Luft und wurde zu einer drei Meter dicken Decke, und darauf fielen die Kristalle gefrorener Luft, bis wieder eine Decke entstand, die fast weiß ist und zwanzig oder fünfundzwanzig Meter dick.

Natürlich gefroren nicht alle Teile der Luft auf einmal.

Als erstes fiel das Kohlendioxyd herunter – wenn man nach Wasser schaufelt, muß man darauf achten, daß man nicht zu weit hinaufkommt und von dem Zeug etwas erwischt, denn dann würde man einschlafen, vielleicht für immer, und das Feuer würde ausgehen. Dann als nächstes der Stickstoff, der weder so noch so zählt, obwohl er den größten Teil der Decke ausmacht. Darüber, und leicht zu erreichen, zum Glück für uns, ist der Sauerstoff, der uns am Leben erhält. Er ist hellblau, so daß man ihn vom Stickstoff unterscheiden kann. Da Sauerstoff fest gefriert, muß es kälter sein als bei Stickstoff. Deshalb ist der Sauerstoff zuletzt heruntergeschneit.

Pa meint, wir leben besser als früher die Könige, weil wir reinen Sauerstoff atmen, aber wir sind das gewöhnt und bemerken es nicht.

Schließlich befindet sich ganz oben eine dünne Schicht flüssigen Heliums, das ganz merkwürdiges Zeug ist.

Alle diese Gase sind in Schichten säuberlich voneinander getrennt. Wie ein Pussä-Kaffä, sagt Pa oft lachend, aber ich weiß nicht, was das ist.

Ich wollte ihnen unbedingt erzählen, was ich gesehen hatte, und als ich den Helm abgenommen hatte, während ich noch aus meinem Anzug stieg, fing ich an. Ma wurde sofort nervös und starrte zum Eingangsschlitz in den Decken und rang die Hände – die Hand, wo sie drei Finger durch den Frost verloren hatte, wie immer in der gefunden. Ich sah, daß Pa ärgerlich war, weil ich sie ängstigte, und er wollte alles schnell übergehen, aber ich wußte, daß er wußte, daß ich keinen Quatsch erzählte.

»Und du hast das Licht eine Weile beobachtet?« fragte er mich schließlich.

Ich hatte nicht erwähnt, daß ich zuerst geglaubt hatte, das Gesicht einer jungen Dame zu sehen. Das war mir zu peinlich.

»So lang, daß es an fünf Fenstern vorbeikam und das nächste Stockwerk erreichte.«

»Und es sah nicht nach freier Elektrizität aus, nach kriechender Flüssigkeit oder Sternenlicht, das sich in einem wachsenden Kristall sammelt?«

Er erfand diese Dinge nicht einfach. In einer Welt, die so eiskalt ist, passieren die seltsamsten Dinge, und wenn man meint, die Materie sei tot und kalt, nimmt sie ein merkwürdiges neues Leben an. Ein schleimiger Stoff kriecht zum Nest, wie ein Tier, das Wärme sucht – das ist das flüssige Helium. Und einmal, als ich klein war, traf ein Blitz – nicht einmal Pa wußte, wo er herkam – die nahe Turmspitze und kroch wochenlang daran hinauf und hinunter, bis das Glühen endlich erstarb.

»Ich habe noch nie etwas Ähnliches gesehen«, antwortete ich.

Er stand stirnrunzelnd da und sagte dann: »Ich gehe mit dir hinaus, und du zeigst es mir.«

Ma schrie auf bei dem Gedanken, alleingelassen zu werden, und Sis fiel auch ein, aber Pa beruhigte sie. Wir zogen unsere Kleidung für draußen an – die meine war am Feuer aufgewärmt worden. Pa hat sie gemacht. Sie ist ausgestattet mit Dreischichten-Helmen, die einmal große, durchsichtige Nahrungsdosen gewesen sind, aber sie halten Wärme und Luft und können die Luft eine Weile ersetzen, so lange, bis wir Wasser und Kohle und Nahrung geholt haben.

Ma begann wieder zu jammern.

»Ich habe immer gewußt, daß etwas draußen ist und uns holen will. Ich fühle es seit Jahren – es gehört zur Kälte und haßt alles Warme und will das Nest zerstören. Es hat uns die ganze Zeit beobachtet und jagt uns jetzt. Es wird euch holen und dann zu mir kommen. Geh nicht, Harry!«

Pa hatte alles an, bis auf den Helm. Er kniete am Feuer nieder, griff hinein und schüttelte den langen Metallstab, der in den Kamin hinaufführt und das Eis abschüttelt. Einmal in der Woche steigt er auf das Dach, um nachzusehen, ob er noch richtig funktioniert. Das ist unser schlimmster Ausflug, und Pa läßt ihn mich nicht allein machen.

»Sis«, sagte Pa leise, »paß auf das Feuer auf. Achte auch auf die Luft. Wenn sie weniger wird oder nicht schnell genug zu kochen scheint, hol hinter der Decke einen zweiten Eimer. Aber sei vorsichtig mit den Händen. Nimm ein Tuch für den Eimer.«

Sis kam herüber und tat, was man ihr sagte. Ma beruhigte sich plötzlich, obwohl ihre Augen noch immer wild umherblickten, als Pa den Helm aufsetzte und nach einem Eimer griff. Dann gingen wir.

Pa ging voraus, und ich hielt mich an seinem Gürtel fest. Es ist seltsam, ich habe keine Angst, allein zu gehen, aber wenn Pa dabei ist, möchte ich mich immer an ihm festhalten. Gewohnheit, nehme ich an, und dann bin ich ja auch einmal ziemlich erschrocken.

Das war so. Wir wissen, daß draußen alles tot ist. Pa hat vor Jahren die letzten Stimmen im Radio verklingen hören, und er sah einige von den letzten Menschen sterben, die nicht soviel Glück hatten wie wir und nicht so gut geschützt waren. Wir wußten also, daß es nichts Menschliches oder Wohlgesinntes sein konnte, wenn draußen etwas herumkroch.

Außerdem gibt es ein Gefühl, das daherkommt, daß immer Nacht ist, eisige Nacht. Pa sagt, das hätte es auch in früherer Zeit schon gegeben, aber dann ging jeden Morgen die Sonne auf und verjagte das. Ich muß es ihm glauben, weil ich mich nicht erinnern kann, die Sonne je anders als großen Stern gesehen zu haben. Ich war nämlich noch nicht auf der Welt, als der schwarze Stern uns von der Sonne wegriß, und inzwischen hat er uns über die Bahn des Planeten Pluto hinausgeschleppt, sagt Pa, und nimmt uns immer weiter mit.

Wir können den schwarzen Stern sehen, wenn er den Himmel überquert, weil er Sterne verdeckt, und vor allem, wenn er vor der Milchstraße steht. Er ist ziemlich groß, denn wir sind ihm näher, als es der Planet Merkur der Sonne war, sagt Pa, aber wir sehen ihn nicht gern, und Pa stellt auch seine Uhren nicht danach.

Ich fragte mich, ob es auf dem schwarzen Stern nicht etwas geben mochte, das uns holen wollte, und ob das der Grund war, warum er die Erde eingefangen hatte. Wir erreichten das Ende des Korridors, und ich folgte Pa auf den Balkon hinaus.

Ich weiß nicht, wie die Stadt damals ausgesehen hat, aber

jetzt ist sie wunderschön. Im Sternenlicht sieht man sie gut – die kleinen Punkte am Himmel geben viel Sicht. Pa sagt, sie hätten früher gefunkelt, aber das lag daran, daß es damals Luft gab. Wir sind auf einem Hügel, und die schimmernde Ebene erstreckt sich vor uns, zerschnitten in Quadrate von den früheren Straßen.

Aus der weißen Ebene ragen einige höhere Gebäude, bedeckt mit runden Kappen aus Luftkristallen, wie die Pelzhaube von Ma, nur weißer. An den Gebäuden kann man die dunkleren Rechtecke von Fenstern sehen, darunter die weißen Striche von Luftkristallen. Manche sind schief, weil viele Häuser durch die Beben und allem anderen beschädigt worden sind, was passierte, als der schwarze Stern die Erde einfing.

Hier und dort hängen ein paar Eiszapfen, Wassereiszapfen aus den ersten Tagen der Kälte, andere Eiszapfen aus gefrorener Luft, die auf den Dächern schmolzen und herabtropften und wieder gefroren. Manchmal fängt einer der Eiszapfen das Licht eines Sterns auf und schickt es so grell herüber, daß man meinen möchte, der Stern sei in die Stadt herabgeflogen. Auch daran hatte Pa bei meinem Bericht gedacht, aber ich war zuerst darauf gekommen und wußte, daß es nicht so war.

Er legte seinen Helm an den meinen, damit wir besser miteinander sprechen konnten, und forderte mich auf, ihm die Fenster zu zeigen. Aber dort bewegte sich jetzt kein Licht, und auch sonst nirgends. Zu meiner Überraschung schimpfte mich Pa nicht aus. Er schaute sich, nachdem er den Eimer gefüllt hatte, eine ganze Weile um, und als wir hineinwollten, fuhr er plötzlich herum, so, als wolle er heimlich etwas ertappen.

Ich spürte es auch. Der alte Friede war fort. Da draußen lauerte etwas, wachsam, wartend, sich bereit machend.

Im Innern legte er seinen Helm wieder an den meinen und sagte: »Wenn du so etwas noch einmal siehst, sag nichts zu den anderen. Deine Mutter ist ziemlich nervös, und wir müssen ihr möglichst viel Sicherheit geben. Als deine Schwester auf die Welt kam, war ich so weit, daß ich aufgeben und sterben wollte, aber deine Mutter hat mich dazu bewogen, weiterzumachen. Ein andermal hat sie eine ganze Woche lang das Feuer allein bewacht, während ich krank war. Sie hat mich gepflegt und auch noch für euch beide gesorgt.

Du weißt, was wir manchmal spielen, wenn wir im Nest sitzen und uns einen Ball zuwerfen? Mut ist wie ein Ball, mein Sohn. Einer kann ihn nur eine gewisse Zeit halten, dann muß er ihn einem anderen zuwerfen. Wenn er zu einem kommt, muß man ihn fangen und festhalten – und hoffen, daß noch einer da sein wird, dem man ihn zuwerfen kann, wenn man es müde ist, tapfer zu sein.«

Wenn er so mit mir sprach, kam ich mir erwachsen vor und fühlte mich gut. Aber es löschte nicht aus, was ich draußen gesehen hatte – und ich wußte, daß Pa es ernstnahm.

Es ist schwer, seine Empfindungen zu verbergen. Als wir ins Nest zurückkamen und uns auszogen, lachte Pa und sagte, es sei nichts, und er nahm mich auf den Arm, aber es klang nicht richtig. Er überzeugte Ma und Sis so wenig wie mich. Einen Augenblick lang sah es so aus, als würden wir alle den Mut-Ball fallen lassen. Es mußte etwas geschehen, und noch bevor ich so richtig wußte, was ich sagen würde, hörte ich mich Pa fragen, ob er uns nicht von früher erzählen wollte, wie alles gekommen sei.

Manchmal macht es ihm nichts aus, diese Geschichte zu erzählen, und Sis und ich hören sehr gern zu. Er begriff auch gleich. Wir saßen dann alle um das Feuer herum, Ma schob ein paar Dosen zum Auftauen hin, und Pa fing an. Ich sah aber noch, daß er vorher einen Hammer holte und neben sich hinlegte.

Es war immer dieselbe Geschichte, auch wenn Pa ab und zu eine neue Einzelheit einfügt.

Er sagte uns, daß die Erde um die Sonne gelaufen sei, gleichmäßig und warm, und die Leute auf ihr hätten Geld verdient und Kriege geführt und es sich gutgehen lassen und Macht erworben und einander gut oder schlecht behandelt, und auf einmal sei ohne jede Ankündigung der tote Stern, die ausgebrannte Sonne, aus dem Weltraum erschienen und habe alles umgestülpt.

Wissen Sie, mir fällt es schwer, daran zu glauben, daß die Leute so gedacht haben sollen, oder auch, daß es wirklich so viele gab. Manchmal denke ich, daß Pa übertreibt und alles zu schwarz zeichnet. Immerhin, was ich so in den alten Zeitschriften gelesen habe, klingt reichlich wild. Vielleicht hat er doch recht.

Der schwarze Stern, fuhr Pa fort, sei ganz schnell herangekommen, und man habe wenig Zeit gehabt, sich vorzubereiten. Zu Anfang habe man es den meisten Leuten verheimlichen wollen, aber dann habe sich die Wahrheit herausgestellt, mit Erdbeben und Überschwemmungen – man stelle sich vor, Meere von ungefrorenem Wasser! – und die Leute sahen in klaren Nächten die Sterne von etwas verdunkelt. Zuerst glaubte man, er werde die Sonne treffen, und dann, die Erde. Man wollte sogar nach China, weil die Leute meinten, er werde auf der anderen Seite aufprallen. Das hätte ihnen zwar nichts genützt, aber sie waren einfach außer sich vor Angst. Dann kamen sie dahinter, daß er auch nicht auf der anderen Seite aufschlagen, aber der Erde sehr nahe kommen würde.

Die meisten anderen Planeten befanden sich auf der anderen Seite der Sonne und waren nicht betroffen. Die Sonne und der Neuankömmling rangen eine Weile um die Erde – zogen sie hin und her in einer gewundenen Kurve, wie zwei Hunde, die um einen Knochen raufen, so schilderte Pa das – und dann gewann der Neuankömmling und nahm uns mit. Die Sonne bekam einen Trostpreis. Im letzten Augenblick konnte sie den Mond festhalten.

Das war die Zeit der ungeheuren Erdbeben und Überschwemmungen, zwanzigmal schlimmer als je zuvor. Es war auch die Zeit des Großen Schwungs, wie Pa das nannte, als die Erde beschleunigte und in eine enge Umlaufbahn um den schwarzen Stern eintrat.

Der schwarze Stern flog schneller durch den Raum als die Sonne, und in entgegengesetzter Richtung, und sie mußte die Erde stark beschleunigen, um sie mitnehmen zu können.

Der Große Schwung dauerte nicht lange. Er war vorbei, als die Erde die neue Bahn um den schwarzen Stern erreichte. Aber die Beben und Überschwemmungen waren furchtbar, solange sie andauerten, zwanzigmal schlimmer als je zuvor. Alle Klippen und Gebäude stürzten ein, sagte Pa, Meere schwappten über, das Land wurde unter Sümpfen und Wüsten begraben. Die Luftschicht der Erde, die noch am Himmel war, wurde gedehnt und an manchen Stellen so dünn, daß die Leute umkippten und ohnmächtig wurden.

Wir haben Pa oft gefragt, wie die Leute sich damals verhielten, aber er sagt, er hätte kaum Zeit gehabt, darauf zu achten.

Pa und ein paar Wissenschaftler, mit denen er befreundet war, hatten zum Teil vorausgesagt, was geschehen würde, und sie arbeiteten wie verrückt, um luftdichte Wände und Türen und eine Isolierung gegen die Kälte zu schaffen, um große Vorräte an Nahrung und Brennstoff und Wasser und Luft in Flaschen anzulegen. Aber bei den letzten Beben wurde die Stelle, wo sie gebaut hatten, zerstört, und Pas Freunde wurden dabei und beim Großen Schwung getötet. Er mußte also von vorn anfangen und das Nest ganz schnell herrichten, mit allem, was er eben in die Hände bekam.

Ich kann mir aber zum Teil vorstellen, wie es gewesen sein muß, durch die erstarrten Menschen, die ich gesehen habe, ein paar in anderen Zimmern in unserem Gebäude, andere um die Heizöfen im Keller, wo wir unsere Kohle holen.

In einem der Zimmer sitzt ein alter Mann starr in einem Sessel, Arm und Bein im Gipsverband. In einem anderen liegen eine Frau und ein Mann in einem Bett unter vielen Decken. Man sieht nur ihre Köpfe ein bißchen herausgucken. Und in einem dritten sitzt eine schöne junge Dame, eingewickelt in dicke Kleidung, und blickt voller Hoffnung zur Tür, als warte sie auf jemanden, der nie mit Wärme und Nahrung zurückgekommen ist.

Pa hat sie mir einmal mit seiner Taschenlampe kurz gezeigt, als wir noch genug Batterien hatten und ein bißchen Licht verschwenden konnten. Sie haben mich ziemlich erschreckt, und mein Herz hämmerte, vor allem bei der jungen Dame.

Jetzt, als Pa wieder erzählte, um uns von einer anderen Angst abzulenken, fielen mir die eingefrorenen Leute wieder ein. Ganz plötzlich kam ich auf eine Idee, die mich mehr erschreckte als alles andere vorher. Mir war eben das Gesicht eingefallen, das ich im Fenster gesehen zu haben glaubte. Das hatte ich fast vergessen, weil ich es den anderen verheimlichen wollte.

Was ist, wenn die erstarrten Leute wieder zum Leben erwachen? dachte ich. Wenn sie nun sind wie das flüssige Helium, das zu neuem Leben findet und auf die Wärme zukriecht? Oder wie die Elektrizität, die endlos umherströmt, wenn es so kalt ist wie jetzt? Wenn nun die zunehmende Kälte auf geheimnisvolle Weise die gefrorenen Menschen zum Leben erweckt hat – nicht zu warmblütigem Leben, sondern zu etwas Eisigem und Entsetzlichem?

Das war ein schlimmerer Gedanke als der, daß vom Schwarzen Stern etwas kommen mochte, um uns zu holen.

Oder vielleicht stimmt beides, dachte ich. Etwas kommt vom Schwarzen Stern und weckt die gefrorenen Menschen, um sie zu seinen Zwecken zu gebrauchen.

Das regte mich wirklich auf, und ich hätte den anderen gerne von meiner Angst erzählt, aber ich dachte an das, was Pa gesagt hatte, biß die Zähne zusammen und blieb stumm.

Wir saßen alle ganz still. Sogar das Feuer brannte lautlos. Man hörte nur Pas Stimme und die Uhren.

Und dann glaubte ich hinter den Decken ein schwaches Geräusch zu hören. Meine ganze Haut spannte sich an.

Pa erzählte von den ersten Jahren im Nest und war zu der Stelle gekommen, wo er philosophiert.

»Und da fragte ich mich, was hat es für einen Sinn, das noch ein paar Jahre hinauszuziehen?« sagte er. »Warum ein aussichtsloses Dasein von harter Arbeit und Kälte und Einsamkeit verlängern? Die Menschheit ist erledigt. Die Erde ist tot. Warum nicht aufgeben, fragte ich mich – und auf einmal hatte ich die Antwort.«

Wieder hörte ich das Geräusch, diesmal lauter, einen unsicheren, schlurfenden Schritt, der näherkam. Ich konnte nicht atmen.

»Das Leben war immer eine Angelegenheit harter Arbeit und Kampf gegen die Kälte«, sagte Pa. »Die Erde ist immer ein einsamer Ort gewesen, Millionen Meilen vom nächsten Planeten entfernt. Und gleichgültig, wie lange die Menschheit bestanden hätte, eines Nachts wäre das Ende gekommen. Diese Dinge spielen keine Rolle. Worauf es ankommt, ist, daß das Leben gut ist. Es macht alles andere lohnend. Und das gilt für den letzten Menschen so gut wie für den ersten.«

Und immer noch schlurften die Schritte näher. Mir kam es so vor, als bebe die innerste Decke und beule sich ein wenig. Ich sah vor mir glotzende, starre Augen.

»Und ich sagte mir, daß ich weitermachen würde, so, als hätten wir die ganze Ewigkeit vor uns«, fuhr Pa fort. »Ich würde Kinder haben und ihnen alles beibringen, was ich wußte. Ich würde sie Bücher lesen lehren. Ich würde für die Zukunft planen und versuchen, das Nest zu vergrößern und abzudichten. Ich wollte meine Empfindungen des Staunens selbst vor der Kälte und der Dunkelheit und den fernen Sternen bewahren.«

Aber dann bewegte sich die Decke wirklich und hob sich. Und dahinter war ein grelles Licht. Pas Stimme verstummte, und sein Blick richtete sich auf den größer werdenden Eingangsschlitz, und seine Hand griff nach dem Hammer und umklammerte ihn.

Durch die Decke trat die schöne junge Dame. Sie stand da und sah uns ganz merkwürdig an, und sie hatte etwas ganz Helles in der Hand, das nicht flackerte. Und zwei andere Gesichter blickten über ihre Schultern – Männergesichter, weiß und glotzend.

Nun, mein Herz konnte nicht länger als vier oder fünf Schläge stillgestanden haben, bevor ich bemerkte, daß sie Anzug und Helm trug wie Pa und ich, nur besser, und die Männer auch – und die zu Eis erstarrten Leute hätten das gewiß nicht getan. Außerdem sah ich, daß sie in der Hand eine Art Lampe trug.

Ma sank um und wurde ohnmächtig.

Die Stille hielt an, während ich ein paarmal schluckte, und dann gab es ein Durcheinander von Stimmen.

Es waren einfach Leute, sehen Sie. Wir hatten nicht als einzige überlebt, sondern das, aus ganz natürlichen Gründen, nur geglaubt. Diese drei Leute waren am Leben geblieben, und mit ihnen noch mehr. Und als wir erfuhren, *wie* sie am Leben geblieben waren, stieß Pa einen Freudenschrei aus.

Sie waren aus Los Alamos und erhielten Wärme und Strom von Atomenergie. Mit dem Uran und Plutonium, das für Bomben gedacht gewesen, besaßen sie genug, um Jahrtausende durchzuhalten. Sie verfügten über eine regelrechte kleine luftdichte Stadt mit Luftschleusen und allem. Sie erzeugten sogar elektrisches Licht und züchteten damit Pflanzen und Tiere. Pa stieß einen zweiten Freudenschrei aus und weckte Mutter damit.

Aber wenn wir überrascht waren von ihnen, war das gar nichts gegen ihre Verblüffung.

Einer der Männer sagte immer wieder: »Aber das ist unmöglich, sage ich euch. Man kann ohne hermetische Abdichtung keine Luftversorgung erzielen. Das geht einfach nicht.«

Das war, nachdem er den Helm abgenommen hatte und unsere Luft atmete. Die junge Dame sah uns inzwischen an, als seien wir Heilige, und erzählte uns, daß wir etwas Unfaßbares geleistet hätten, und plötzlich sank sie zusammen und weinte.

Sie hatten überall nach Überlebenden gesucht, aber nie damit gerechnet, an einem solchen Ort welche zu finden. Sie hatten in Los Alamos Raketenschiffe und chemische Treibstoffe dafür. Was flüssigen Sauerstoff anging, so brauchte man nur hinauszugehen und zu schaufeln. Nachdem in Los Alamos alles geregelt war, was Jahre gedauert hatte, unternahmen sie Ausflüge zu Orten, wo sie Überlebende vermuteten. Funksignale gab es natürlich nicht mehr.

Sie hatten in Argonne und bei Brookhaven Kolonien gefunden, und auf der anderen Seite der Welt bei Harwell und Tanna Tuva. Und jetzt hatten sie unsere Stadt besucht, ohne eigentlich damit zu rechnen, daß sie etwas finden würden. Sie besaßen aber ein Instrument, das selbst die schwächsten Hitzewellen wahrnahm, und es hatte ihnen verraten, daß hier unten etwas Warmes war, also waren sie gelandet. Wir hatten sie natürlich nicht gehört, weil es keine Luft gab, die Schallwellen fortpflanzen konnte, und sie hatten lange Zeit suchen müssen, um uns zu finden.

Inzwischen redeten alle fünf Erwachsenen aufgeregt durcheinander. Pa zeigte den Männern, wie er das Feuer am Leben hielt und das Eis im Kamin beseitigte und dergleichen mehr. Ma war wie durch ein Wunder belebt und zeigte der jungen Dame ihre Koch- und Nähgeräte und fragte sogar, was die Frauen in Los Alamos anhätten. Die Fremden staunten über alles und priesen es über alle Maßen.

Es wurde soviel geredet, man war so aufgeregt, daß Pa auf nichts achtete, und erst als alle schwindlig wurden, sah er nach und entdeckte, daß die Luft aus dem Eimer gebrodelt war. Er holte schnell einen anderen hinter den Decken. Dann fingen sie wieder alle zu lachen und zu schnattern an. Die Neuankömmlinge wurden sogar ein bißchen betrunken. Soviel Sauerstoff waren sie nicht gewöhnt.

Aber, komisch – ich sprach nicht viel, und Sis klammerte sich an Ma und versteckte ihr Gesicht, wenn jemand sie ansah. Ich fühlte mich ziemlich verlegen und verstört, vor allem wegen der jungen Dame.

Ich wünschte mir, daß sie uns allein ließen, damit wir zu uns kommen konnten.

Und als die Fremden davon anfingen, daß wir alle nach Los Alamos gehen würden, so als sei das selbstverständlich, sah ich, daß Pa und Ma ein ähnliches Gefühl beschlich. Pa wurde plötzlich ganz still, und Ma sagte zu der jungen Dame: »Aber ich wüßte gar nicht, wie ich mich da benehmen sollte, und Kleider habe ich auch keine.«

Die Fremden waren zuerst ganz verwirrt, aber dann begriffen sie. Wie Pa immer wieder sagte: »Es ist einfach nicht richtig, das Feuer hier ausgehen zu lassen.«

Tja, die Fremden sind fort, aber sie kommen wieder. Es ist noch nicht entschieden, was geschehen wird. Vielleicht wird das Nest als eine ›Überlebensschule‹ beibehalten, wie einer der Fremden das nennt. Oder vielleicht gehen wir zu den Pionieren, die bei den Uranbergwerken am Großen Sklaven-See oder im Kongo eine neue Kolonie aufbauen wollen.

Seit die Fremden fort sind, denke ich natürlich viel über Los Alamos und die anderen großartigen Kolonien nach. Ich möchte sie gerne sehen.

Wenn man mich fragt, möchte Pa sie auch sehen. Er ist recht nachdenklich geworden, seit er gesehen hat, wie Ma und Sis aufgewacht sind.

»Jetzt ist es anders, seitdem wir wissen, daß auch noch andere am Leben sind«, sagte er zu mir. »Deine Mutter ist nicht mehr so hoffnungslos wie früher. Ich auch nicht, weil ich nicht mehr die ganze Verantwortung für den Fortbestand der Menschheit trage. Das macht einem Angst.«

Ich schaute mich im Nest um.

»Leicht wird es nicht sein, hier wegzugehen«, sagte ich und hätte am liebsten geweint. »Es ist so klein, und wir sind nur vier. Mir macht es Angst, an große Orte und viele fremde Leute zu denken.«

Er nickte und schob wieder ein Stück Kohle ins Feuer. Dann blickte er auf den kleinen Haufen und grinste plötzlich, bevor er eine ganze Handvoll in die Flammen warf, so als hätten wir einen unserer Geburtstage oder Weihnachten.

»Das überwindest du schnell, mein Sohn«, sagte er. »Das Problem mit der Welt war, daß sie kleiner und immer kleiner wurde, bis es nur noch das Nest gab. Jetzt wird es schön sein, wieder eine richtige, große Welt aufzubauen, so, wie sie zu Anfang war.«

Er hat wohl recht. Glauben Sie, die schöne junge Dame wird auf mich warten, bis ich erwachsen bin? Ich habe sie danach gefragt, und sie lächelte, um mir zu danken, und dann sagte sie, sie hätte eine Tochter fast in meinem Alter, und in den Kolonien gebe es viele Kinder. Stell sich das einer vor.

ENDE